N
酸不溜的橡樹
愚蠢溪
往大海

公園
小路與
小塔的家
人類巢窩
梣樹道

By Ash, Oak and Thorn

樹精靈之歌 1

Melissa Harrison 梅麗莎．哈里森——著　謝維玲——譯

樹精靈之歌 1
By Ash, Oak and Thorn

作者：梅麗莎．哈里森（Melissa Harrison）｜繪者：蘿倫．奧荷拉（Lauren O'Hara）｜
譯者：謝維玲

小樹文化股份有限公司

總編輯：蔡麗真｜副總編輯：謝怡文｜責任編輯：謝怡文｜校對：林昌榮｜行銷企劃經理：林麗紅｜行銷企劃：蔡逸萱、李映柔｜封面設計：周家瑤｜內文排版：黃雅藍

發　行：遠足文化事業股份有限公司（讀書共和國出版集團）
地址：231新北市新店區民權路108-2號9樓
電話：(02) 2218-1417｜傳真：(02) 8667-1065
客服專線：0800-221029｜電子信箱：service@bookrep.com.tw
郵撥帳號：19504465遠足文化事業股份有限公司
團體訂購另有優惠，請洽業務部：(02) 2218-1417分機1124

法律顧問：華洋法律事務所 蘇文生律師

出版日期：2022年6月29日初版
2023年8月17日2刷

ISBN 978-957-0487-96-1（平裝）
ISBN 978-957-0487-98-5（EPUB）
ISBN 978-957-0487-97-8（PDF）

特別聲明：有關本書中的言論內容，不代表本公司／出版集團之立場與意見，文責由作者自行承擔

國家圖書館出版品預行編目（CIP）資料

樹精靈之歌1：歐盟文學獎、荒野寫作大獎暢銷作家奇幻冒險故事／梅麗莎．哈里森（Melissa Harrison）著；蘿倫．奧荷拉（Lauren O'Hara）繪；謝維玲 譯 – 初版 -- 新北市：小樹文化股份有限公司出版；遠足文化事業股份有限公司 發行，2022.06
面；　公分 --
譯自：By Ash, Oak and Thorn
ISBN 978-957-0487-96-1（平裝）
1. 兒童文學　2. 自然文學　3. 奇幻故事
873.596　　111008369

線上讀者回函專用
您的寶貴意見，將是我們進步的最大動力。

立即關注小樹文化官網
好書訊息不漏接。

「我們在草叢裡複雜交錯的莖稈之間，
窺見在地面為生活而忙碌的族類——
蚱蜢、螞蟻、甲蟲和許多匆忙來去的小生物……」

——出自ＢＢ《荒野獨行：皮奇利村狐狸的故事》序言
（*The Wild Lone: The Story of a Pytchley Fox*）

各界推薦

「充滿大自然魔力且迷人的冒險……每一頁都讓我愛不釋手。」

——克里斯多夫・埃奇（Christopher Edge，卡內基兒童文學獎STEAM兒童圖書獎、Brilliant Book Award獲獎者）

「合宜並帶有魔幻的故事，這本書可以開啟孩子的視野，看見驚奇的自然世界。」

——娜塔莎・法蘭特（Natasha Farrant，兒童文學作家、柯斯塔圖書獎獲獎者）

「每一頁都充滿驚奇的自然世界，有很多東西要學，但都是純粹的快樂。」

——皮爾斯・托代（Piers Torday，英國兒童文學作家）

各界推薦

「我住在鄉下，但即使如此，我對大自然的關注依舊不夠。《樹精靈之歌》是個很美的故事，它訴說當我們開始真正看見這個美妙世界瀕臨危險時，會發生什麼事。作者梅麗莎·哈里森重新詮釋了昔日童書作家BB的經典故事[1]，而且完全符合這個時代的需要。她描寫了三個守護大自然的小矮人如何踏上旅程，找出自己身體漸漸消失的原因。靠著勇氣、智慧和動物朋友們的指引，他們開始明白原來自己可以做些什麼。也許當你讀完這本書，你也會受到啟發並且伸出援手！」

——巴瑞·康寧漢（Barry Cunningham，Chicken House社長）

1 英國童書作家及插畫家丹尼斯·沃特金斯—皮奇福德（Denys Watkins-Pitchford），筆名BB。

目錄

Part 1

梣樹

Part 2

橡樹

Part 3

山楂樹

Part 1

梣樹

Chapter 1

春日的早晨

我們會見到小苔、阿榆和老雲，

並且發現一件很不尋常的事。

這是個還沒轉暖，卻帶點春天氣息的三月天：黃番紅花在路邊綻開，嫩芽點綴在光禿禿的樹籬上，就像即將點亮的綠色小彩燈，天空很藍很藍。這種日子只會在冬天快要結束時降臨，讓人感覺萬物充滿朝氣和活力。這是那種會發生不尋常事情的日子。

櫸樹道52號花園裡的彈跳床旁有一棵老櫸樹，它的樹幹底部有個看起來很有趣的樹洞，那裡很快就會長出新綠的葉子，開出許多帶著綠色和酒紅色且有褶邊的花朵，然後變成一座高大的綠色城堡，供千百種生物在裡頭過著隱祕的生活，而在那之後不久，夏天就會到來。但現在，這棵老櫸樹還是光禿禿的，而且接下來的許多天都會維持這個模樣。

老梣樹周圍的草坪翠綠平整，沒有雛菊或蒲公英混雜其中，靠近房子的地面也覆蓋了一層木板平台，但是在花園邊緣那些整齊狹窄的花壇之間，有野生動物開闢出來的蜿蜒小徑，其中一些動物是人類認識的，一些則很陌生。

一隻烏鶇鳥從隔壁花園飛了進來，停在一根較低的梣樹樹枝上，把樹枝壓得上下擺動。接著，他張開黃色的喙，發出從去年夏天以來第一次鳴叫，用響亮的聲音告訴任何願意傾聽的人：「沒錯，哈囉，真是難以置信，可以請各位注意聽嗎，謝謝各位，我只是想說……春天來了！」

就在這時，某個東西出現在那個看起來很有趣的老樹洞裡。如果住在52號的小女孩瑪雅和小男孩班剛好在附近，他們大概會以為那只是某種鳥，但現在他們正在學校，而且也不會知道那是什麼。總之，他們不是那種會仔細留意（或傾聽）的小孩。他們還沒發現，烏鶇在春天的初次鳴叫，正是來自古老時代被稱為「隱族」的小矮人們從冬眠中醒來的信號。他們也還沒發現，有三個神祕的小矮人已經在老梣樹滿是瘤節的空心樹幹裡生活超過兩百年了，比他們家的房子或花園存在的時間還要久遠。

在陽光下走出樹洞的，是一個身高大概跟你的手掌差不多高、皮膚呈栗棕色的小矮人。小苔（小矮人的名字）身上穿著用防水洋蔥皮做成的衣服，褲子用一條紅繩腰帶繫住，頭上戴著一頂用橡實殼斗做成的帽子，橡實殼斗上還留著一小截歪斜的樹枝，腳上沒有穿鞋子。

「哈囉，巴先生，」小苔瞇起眼睛往上看著還在鳴叫的烏鶇說，「冬天過得好嗎？」

「喔，原來你在這兒啊！」烏鶇一邊說，一邊從樹枝上跳下來到草坪上，「哈囉，小苔。我過得還不錯，謝謝你的問候，但不論是誰都希望蚯蚓可以再多個幾條，你不覺得嗎？你們在裡頭都好吧？睡得好嗎？」

「是啊，我們都很好，謝謝你。我想其他人很快就會出來活動了。你太太呢？她還好嗎？」

這時，另一個小矮人從樹洞裡走出來，他打了個哈欠並揉了揉眼睛。這是阿榆，他的體型比小苔寬一些，年紀比小苔大了幾百歲，身穿一件短褶裙和一件用蝰蛇脫落外皮做成的時髦背心，還帶了一把相當鋒利的金屬刀，上面印著「史丹利」——儘管沒有人知道史丹利是誰。阿榆是那種坐不住、老往外跑、喜歡忙來忙去的人，所以很難安靜下來或坐著不動。

「早安，各位。喲，喲，喲，春天又到了！你們知道嗎，我真的需要好好探險一下，有時候我會很無聊，你們不會嗎？我們已經在這個花園裡待了……喔，快要一百個杜鵑夏天了！」（隱族把一年稱為一個「杜鵑夏天」，不過仔細想想，他們已經很久沒有在夏天聽到杜鵑鳥的叫聲了。）

「天啊！」名叫「巴布」（儘管沒有人這麼叫他，大家都叫他「巴先生」）的烏鶇說，「一百個杜鵑夏天都待在同一個地方真的滿久的。所以你的意思是，你們從來沒有去過隔壁嗎？那裡有好多餵鳥器，你們應該去看看。還有孩子們白天待的地方，你們也沒看過嗎？那個地方太棒了，每到午餐時間，他們就會拋下各種有趣的東西去用餐，像是米糕、葡萄乾、蘋果塊……」

「還有洋芋片！」椋鳥說，他剛剛用耍帥的動作降落在附近的樹枝上，「大家好嗎？」

「你好，閃閃！」小苔和阿榆笑著說。他們很高興看到這隻調皮的小鳥從東岸的椋鳥冬季大會平安歸來。

「嗯……洋芋片……」巴布想得入神。

「你好嗎，巴先生？」閃閃說。跟烏鶇的樸素羽毛相比，這隻調皮椋鳥身上的華麗春羽就像水坑裡的汽油漬那樣閃閃發亮，還布滿了箭頭形狀的白色小斑點。

「喔，抱歉。哈囉，閃閃。」巴布說，「你看起來真帥！」

「你說得沒錯。咦，你們在聊什麼？」椋鳥一邊問，一邊整理自己的羽毛，並且用明亮的小眼睛仔細確認。

「剛才巴先生說我們應該多出來活動。」小苔解釋，「但我們不像你們那樣有翅膀，所以外出探險對我們來說並不容易，尤其是如果想要趕在睡覺時間之前回到家的話，像我就是這樣。」

「不過他說得沒錯，那些地方有好多東西可以看。」閃閃說，「我知道你們在梣樹道一直過著安穩的生活，但外頭有個寬廣的野世界，你懂我的意思吧？更不用說隔壁了。」

「老雲醒來了沒？」小苔想換個話題，因為關於探險的談話都讓阿榆更蠢蠢欲動，「這真是個美好的春日，我不希望任何人錯過。」

於是，花園角落那棵老楞樹的樹幹底下聚集了三個小矮人。如果仔細想想，這是非比尋常的事，儘管大多數的人類不會這麼想。三個小矮人就站在那裡，身影相當清楚：小苔，最年輕的一個，穿著洋蔥皮做成的衣服，戴著一頂橡實殼斗帽；阿榆，體型較寬，穿著短褶裙和蛇皮背心，還帶著一把值得信賴的史丹利刀；老雲，三人當中最年長的（也是最聰明的），只有一隻眼睛，留著一頭長長的白髮，穿著皺皺的綠色長袍，戴著一頂很相配的帽子。他們都沒有穿鞋，因為他們的腳底很結實，也長了有用的厚繭。他們的腿和手臂有許多毛，可以幫助身體保暖。

「終於見面了！哈囉，老雲！」阿榆喊著，然後給他們的老朋友一個擁抱。

「春日快樂！」小苔笑著說。但老雲的表情很嚴肅，似乎並不開心。

「大家早安。很抱歉，我得告訴你們，發生了令人擔心的事情……」

就在這時，巴布突然飛起來，發出烏鶇用來示警的歇斯底里咯咯叫聲，然後掠過花園籬笆，飛向隔壁那片錯綜複雜的灌木叢。

「我的潘神啊！巴布是怎麼了？」小苔吃驚的說，但不久之後他們也聽見了——後門搖搖晃晃的打開，有人走了出來。閃閃趕緊跟著巴布飛越籬笆，三個小矮人也快步躲進老梣樹的樹洞裡。

樹洞裡的一切都很整齊乾淨。泥土地面緊實平坦，而且小苔經常用斑尾林鴿尾羽做成的軟掃把來清掃（不像阿榆，小苔很熱中做家事）。地面中央擺著一塊漂亮的圓墊，他們每年秋天都會用長長乾草束重新編織。高聳的房間向上延伸到隨著時間逐漸空心的梣樹樹幹裡；儘管這對老樹來說是正常的現象，但這棵樹也染上了一種由真菌引起的新疾病，只是還沒有人知道而已。

下方的牆面擺設了各種小巧的陳列櫃和櫥櫃，裡頭放著三個小矮人的物品，包括三個用蜘蛛絲織成的睡袋，睡袋裡填滿了每年春天從楊樹上飄落的白色柔軟絨絮。房間最尾端堆著許多蝸牛殼，每個殼都有一個精緻的木塞和日期標籤。蝸牛殼裡裝的是用風落果和野花釀製而成的優質甜酒，只有在非常特殊的場合才能享用。

「你剛才說……？」小苔對老雲說。

「對，問題是——我不想讓你們擔心，而且這也不會痛或什麼的，只不過……」

老雲把一隻手舉起來，小苔和阿榆立刻倒抽一口氣，因為從門縫射進來的陽光直接穿透了老雲的手臂——雖然綠色長袍的袖子還在，手腕也還在，但手掌已經變得有點透明，指尖幾乎要看不見了。

「偉大的潘神啊，請保佑我們。」阿榆低聲說。

「很怪，對吧？」老雲說，「我一醒來就發現了。我的手還在，還可以拿東西，也還可以——我不知道——偷偷挖鼻孔或什麼的，只不過我似乎正在，呃……漸漸消失中。」

Chapter 2

消失的手掌

不是每個人都喜歡探險，

但天氣有別的打算。

小苔、老雲和阿榆盤腿坐在安全的梣樹樹洞裡，一直盯著老雲那隻不知為何變得透明的手。

「以前曾經發生過這樣的事嗎？」小苔問。

「在野世界裡沒有聽說過。」老雲說，「這從來沒有發生在隱族、動物、人類，或任何生物身上。」

「你不會痛嗎？」阿榆問。

「一點也不痛。」

「呃，那就好。」

「是啊……但要是這個狀況持續下去怎麼辦？要是我的其他部位也跟著消失怎麼辦？」

「要是這也發生在我們身上怎麼辦？」

小苔顫抖著說。

這時，他們迅速查看了身體各個部位：手腳和腿、手臂和手肘。他們低頭瞄了一下被衣服遮住的肚子，也仔細數過分別被他們的褲子、短褶裙和長袍蓋住的兩個膝蓋。

「所有部位都還在，一個也沒少。」阿榆說，「你們呢？也還在，很好。」

「這代表有大事發生了，我感覺得到。」老雲說，「有東西正在改變，但我不知道那是什麼。不過，我以前有過這種感覺，就在數百個杜鵑夏天以前。」

「喔，別說這種話！」小苔顫抖著說，「我只希望一切維持原狀，永遠都不要改變。」

「你知道那是不可能的。」阿榆說，「或許你是我們當中最年輕的，但你在野世界待得也夠久，應該知道萬事萬物一直在改變。」

「對，可是……我不喜歡突然發生的改變，或者讓事情愈來愈糟的改變，」小苔說，「我只喜歡好的改變。」

「你永遠不知道事情會變成怎樣，對吧？」阿榆問，「你只能靜靜的看著。就拿上一個冰河時期來說吧，一開始有點令人憂心，後來變得很無聊，而且滿冷的，到最後結果還不算太糟。」

「阿榆，你還記得多少？」老雲問，「你知道，就是人類還沒出現的那個古老時代，偉大的潘神第一次讓我們掌管野世界的那個時候。」

「不多，」阿榆回答，「只剩下一些影像和印象，感覺就像在試著回想一場夢一樣。」

老雲點點頭，「小苔年紀最小，對那個世界想必沒什麼印象，但是我記得，而且記得很清楚。」

「你還記得恐龍嗎？」小苔張大眼睛問。

「記得！有些恐龍真是不可思議，而且很有趣！老實說，你再也不會遇到比腕龍更棒的喜劇演員。當然，有些是誇張了點，像巨盜龍就是個怪咖，而且我從沒見過能讓人信任的三角龍。我懷念古老的始祖鳥、後來出現的可愛長毛象、歐洲野牛、江鱈、海雀——你知道，那種大隻的海雀——喔！還有那種非常奇特、現在已經看不到的藍蝴蝶。我懷念從野世界裡消失的一切，即使是不起眼的小東西。」

「那人類出現的時候，是什麼情況呢？」小苔問。

「嗯……剛開始沒有太大變化——不然就是我沒注意到。他們用野世界的暗語說話，過著跟野生動物一樣的生活，而且繁殖速度很慢，所以我們不是很擔心。比方說，那個時候有好多好多甲蟲，沒有人會介意。就算人類學會了耕種，我們也不太擔心；事實上，我們還滿喜歡他們創造出來讓我們照顧的新地方，像是他們為了取得木材而種植的森林，還有樹籬和水池。」

「我的確喜歡茂密又漂亮的樹籬。」小苔說。

「喔，我也是。」阿榆同意的說，「誰不喜歡呢？」

「但現在我明白，當人類開始掌控野世界，就代表我們擔任守護者的時代已經結束了。人類主導一切，而且做出重大的改變，使得我們愈來愈難保護生活在這片土地上的所有樹木、植物和野生動物。當然，我們依然過著跟動物一樣的生活，這樣很好，但我懷念以前有工作可做的日子，你們懂嗎？」

「我也是。」阿榆說，「我負責的地盤是一片茂盛的椴樹森林，野豬世世代代都住在那裡。無論發生什麼事，我都保護著它，讓它成為所有野生動物的美麗家園。你應該看過每年春天出生、身上帶著條紋的野豬寶寶，還有春天的樹葉在微風中跳舞的樣子吧！」

「那後來怎麼了？」老雲問。當然，他們都知道發生了什麼事，但有時候讓你的朋友多講幾次自己的故事是很重要的。

「那些樹木都被砍下來做成家具了，」阿榆的眼睛閃著淚光，「於是我……我不得不搬走。」

其他人點了點頭，表示同情。對於曾經守護的特殊地方，他們也有自己的故事可以訴說——小苔的野花草原，還有老雲的寧靜池塘。

「所以……現在人類是野世界的守護者嗎？」小苔問。

老雲皺起眉頭，「這肯定是潘神的旨意……儘管人類可能還不明白。」

老雲對自己有隻透明的手還是覺得不太自在，所以小苔和阿榆只能在第一次沒有老朋友陪伴的情況下，迎接花園族民並向他們介紹自己。新來的族民包括一群個性開朗並開始經常造訪這裡的長尾鸚鵡，他們還跟棲息在隔壁的一大票麻雀敘舊，也和老鼠「小鬍鬚」聊了一會兒——這隻老鼠有將近兩百代家族成員都在52號度過短暫的一生。

無論走到哪裡，他們都會打聽冬天時發生的各種八卦，因為小苔每年都喜歡創作一首歌謠。這首歌謠是用來說故事的歌曲，但如果你不想唱（何況小苔的歌聲真的很糟糕），也可以把它們當成詩句來讀誦。歌謠可以幫大家回想從上一個杜鵑夏天以來發生在櫸樹道的所有事情，大部分的情況下，這些歌謠都受到其他動物的喜愛，除非歌詞裡寫到他們做了什麼調皮的事，讓他們難堪，比方說，籬雀「克莉普」偷偷交了三個男朋友，或是當地的一隻松鼠吃掉大山雀一整窩的蛋。

「當然，這只是好玩而已。」小苔告訴長尾鸚鵡「阿卡」，「我知道自己永遠不可能成為古老時代那種正統的民謠歌手。」那些偉大的傳說和傳奇故事可以回溯到數千年前，而且非常神聖，小苔編寫的歌謠似乎不可能和它們相提並論。

到了下午茶時間，一陣狂風突然吹起，天空烏雲密布。

「喔，我不喜歡這樣。」阿榆爬到黃水仙的頂端，以便清楚觀察西邊漸漸變暗的地平線。雖然阿榆有時候會幹蠢事，但卻是三個小矮人當中最會判斷天氣的，而且他的方向感很好，「我們回家看看老雲吧。老雲那隻手也許不會痛或什麼的，但我還是有點擔心這個親愛的老朋友。」

黃水仙慢慢垂下喇叭狀的花朵，把阿榆輕輕放回花壇裡。

「這個季節正好需要一點小雨，」小苔說，「萬物才可以生長，不是嗎？而且花園裡多一些雜草和野花肯定對我們有好處——人類老是把它們拔掉，原因只有潘神才知道。再說，他們種的花都不是蜜蜂喜歡的那種。」

儘管如此，回到老梣樹那裡還是比較令人安心。小苔是那種跟朋友熱絡互動之後需要時間靜一靜的人，而阿榆則是可以跟朋友玩上好幾個小時。

「這次比下小雨還糟糕，」阿榆回答，「我想我們可能會面臨一場暴風雨！」

於是他們往老梣樹的方向走回去。

雖然屋子裡有個成年人類正好往窗外看，考慮要不要把晒衣繩上不停被風吹翻的衣服拿進來，但沒有人注意到窗外的任何事情。

進入樹洞後，他們看見老雲靜靜坐在地上，看著一小堆沙粒。這些沙粒是幾百年來從許多地方收集而來，有些帶有美麗的顏色或複雜罕見的圖案，有些則是珊瑚碎屑或化石微粒。

「在整理你的收藏品嗎？」小苔問。

「我只是喜歡偶爾拿出來看看，它們讓我想起過去的日子。」老雲小心翼翼的把沙粒一顆顆放回小木盒裡，「花園族民們過得怎麼樣？大家都好嗎？」

「都很好。」小苔回答，「老鼠又生了好多寶寶，有一隻叫做『喬喬』

的鉤粉蝶剛剛結束冬眠出來活動。不過我們沒有看到刺蝟『富刺皮』。」

阿榆拿了一些乾的地衣和幾根整齊堆在門邊的樹枝，並且用敲打燧石碎片產生的火花點燃柴火。幾百年來，他們用安全的方式生火不知道有多少遍了，所以動作中帶有一種優雅感，每位小矮人都能做得又快又好，幾乎不用思考。很多時候，任何生物（甚至是人類！）只要反覆練習一件棘手的事情，最後就會到達這種境界，而且觀賞起來相當令人愉快。

在三位小矮人當中，小苔對料理最有一套，他從櫥櫃裡拿出馬栗麵包、蜂蜜蛋糕、一些黑莓乾和三隻煙燻蚱蜢（吃起來有點像煙燻培根片，但更有嚼勁）。多的蜂蜜蛋糕碎屑總是讓人忍不住想吃，因為小苔太喜歡吃東西了，有時候很難公平分配，尤其是沒有人看見的時候。

「潘神保佑，風愈來愈大了。」阿榆說，高掛在他們頭頂上方的粗大樹枝開始嘎吱嘎吱搖晃起來，「當然，每年這個時候的風都會有點大，這是預料中的事。」

「沒錯，」小苔說，「無論如何，我們待在這裡很安全。對吧，老雲？」

沒有人接話，因為他們的老朋友正在嚼一隻特別多筋的蚱蜢腿，他用透明的手抓著那隻腿，所以它看起來就像飄浮在半空中一樣。終於，老雲把蚱蜢腿吞了下去，然後又掰下一小塊蜂蜜蛋糕，繼續凝視著火堆。

「你沒事吧？你今天特別安靜。」阿榆說，「你一定很擔心你的手吧。」

「是啊，我有點擔心，而且——嗯……我一直在想鄉下的那些表親。你們還記得菟絲、阿芹、雲莓，還有親愛的老蓍嗎？」

「我們已經有一百個杜鵑夏天沒有聽到他們的消息了！」小苔說，「他們是不是還住在鄉下那條小溪旁邊……愚蠢溪，對吧？」

「對。」老雲說，「菟絲是最後幾個從古至今還守護著同一個地方的族人。那個地方是溪流裡的一個彎道，橡樹世世代代都生長在那裡。」

「聽起來像天堂一樣。」小苔想得入神。

「真希望他們住得離我們近一點。」老雲說，「我在想，也許他們可以告訴我們一些關於這個……身體漸漸消失不見的事。老蓍認識不少草藥和藥物，而且菟絲的年紀比我還大，你知道嗎？也許菟絲知道該怎麼做。」

「你知道還有誰可能知道嗎？就是『好人羅賓』。」

「確實沒錯，小苔。好人羅賓是隱族的元老，也是年紀最大、最有智慧的族人。我們在羅馬時代曾經見過一面，但現在我恐怕不知道這位元老住在野世界的哪個地方了。」

「我知道了！」阿榆突然說，「不如我們出個遠門，到愚蠢溪走一趟！我可以先帶路，等我們到了鄉下，再請小鳥們幫忙。巴先生是對的，閃閃也是——我們困在梣樹道太久了。」

花園漸漸變暗，三位小矮人圍坐在火堆旁，頭頂上方的樹枝在風中發出令人不安的嘎吱聲響，雨水開始大顆大顆落下。他們不停討論，不停討論，外面那些住家的燈火一個接著一個熄滅。在某些時刻，他們看起來似乎打算待在原地不動，就在這個安全的樹洞裡，然後老雲會說：他們沒有其他辦法可以弄清楚身體消失究竟意味著什麼，於是討論方向會開始轉移，而到了最後，去拜訪那些住在愚蠢溪邊的表親似乎絕對會成行。

但小苔真的不想離開他們鍾愛且熟悉的家，還有他們心愛的花園，畢竟所有的朋友都住在裡面。當然，他們都很想念自己曾經守護過的地方，但那些遙遠的記憶對小苔來說並沒有那麼強烈，而且梣樹道很重要，即使它不再是田野旁邊的一排樹木，已經變成了一個很普通的花園，圍繞在四周的街道邊，林立著人類住宅——那是他們從沒探索過的街道。事實上，小苔無法想像那個在花園高聳籬笆以外的世界。當你無法想像某個事物時，感覺起來就會比實際的情況更可怕。最後，他們都累得沒辦法再討論下去，於是各自拿出睡袋，溫暖舒適的窩在裡面，然後睡著了。

這是個狂風暴雨的夜晚。突如其來的強風吹走了零食包裝袋和塑膠花盆，讓它們在梣樹道上凌空飛舞。當地的貓大多待在室內，不過狐狸整晚頂著惡劣的天氣四處走動，為生計而忙碌。雷聲隆隆、電光閃閃，而且由遠而近，先是擊中了遠方的高樓，然後是附近的教堂尖頂，轟天雷響不絕於耳。

有好幾次，小苔在夢中喃喃自語、翻來覆去，甚至哭了出來。阿榆繼續鼾睡，但清醒躺著並享受大氣中強勁電能的老雲，摸黑起身坐到小苔的睡袋旁，然後輕聲唸著韻文安撫小苔，直到噩夢散去為止。那首韻文非常古老，雖然已經沒有人真正明白它的意思，但它其實是最年長的隱族元老好人羅賓在古老時代獻給族人的一首詩：

梣樹、橡樹和山楂樹
挺立在世界之初。
花楸和紫杉
將讓它新生再現……

隨著黑夜過去，雨勢逐漸減弱，暴雷閃電也耗盡能量而消退。到了第一道鳥鳴劃破黎明的寂靜時，梣樹道上方的天空已經沖洗得清爽明朗，準備迎接新的一天。

就在這時，那棵老朽的梣樹突然猛烈顫抖了一下，發出嘎吱嘎吱的怪異聲響，然後從中間裂成兩半。在如雷的巨響中，裂開的樹身向外傾斜崩塌，砸垮花園籬笆，橫倒在草坪、花壇和彈跳床上，散落在地上大大小小數不清的斷木殘枝使花園面目全非。在屋子裡睡覺的大人和小孩都從床上驚坐起來，心臟狂跳，眼睛睜得大大的，外頭的鳥兒也滿天亂飛並發出驚恐的尖銳叫聲。

在那可怕的一瞬間，整潔的花園毀了，舒適的樹洞小屋沒了，精巧的樹皮櫥櫃崩解，老雲用來收藏沙粒的小木盒消失，盛裝甜酒的蝸牛殼幾乎全部粉碎，住在老梣樹裡的三個小矮人也不見蹤影。

Chapter 3

結束與開始

失去家園以後，

隱族小矮人被迫展開一場探險之旅。

一個穿著格紋睡衣和晨袍、還沒有梳頭髮的小孩，拿著抹了好多巧克力醬的半片麵包，踮著腳尖走過老梣樹的斷木殘枝。

「呃……有人嗎？」老雲從一個翻倒的鳥窩底下發出聲音。

「啊，救命！放開我！」阿榆一邊喊，一邊猛踢一根幾乎跟樹枝一樣大的枝椏，想把它從原本溫暖安全的蜘蛛絲睡袋上踢開。同一時間，小苔正試圖從一大串遮住清晨天空的棕色梣樹果實底下往外看。

「世……世界末日……來了嗎？」小苔嗚咽著說。

接著，在無預警的情況下，一隻巨大的手把那些稱為「翅果」的梣樹果實拔起來扔掉，似乎完全不費力氣。原本要冒險趕過來的阿榆嚇得發出一聲尖叫，然後衝進鳥窩裡跟老雲躲在一起。

小苔永遠不會忘記接下來發生的事。一張巨大且有著褐色皮膚、黑色頭髮、下巴沾到巧克力醬的人類臉孔，正俯看他們心愛家園的殘破遺跡，而且露出微笑。

「嗨。」一個聲音說。

小苔驚呆了，眼睛瞪得大大的。

「小傢伙，你受傷了嗎？」

一個現代人類小孩怎麼可能會說野世界的暗語？也許這是某種幻覺，絕對不可能是真的！

「我叫『小秋』，住在隔壁51號，就在籬笆的另一邊……呃，我是說還沒垮掉的籬笆的另一邊。你叫什麼名字？」

「噗嘶噗嘶——小苔，」鳥窩底下傳來響亮的打暗號聲，那是阿榆的聲音，「不要把你的名字告訴她！」

「小苔！」女孩說，「很酷的名字，是什麼東西的暱稱嗎？」

小苔把睡袋拉高到下巴的位置，勉強的搖了搖頭。

「所以就叫小苔？好吧，很高興見到你——我爸說要有禮貌，雖然我常常會忘記。你需不需要什麼東西？也許我可以幫忙拿給你。比方說，如果你需要吃點甜的東西，我可以分一些給你。」

小苔很害怕，但一句話也沒說。

「要不要我先把你放到一個安全的地方，比如我們家的棚屋？我會把棚屋門打開。去年夏天有隻小鳥飛進了我們家露台的玻璃拉門裡，我們就是這樣做的。我爸說，那隻小鳥只是需要一點時間休息。真的是這樣，後來那隻小鳥就好起來，然後飛走了。」

小苔還是一句話也沒說。

「那是一隻蒼頭燕雀，」女孩說，「我爸說是公的。那些鳥住在我們家的樹籬裡，所以我們就讓它長得很高——我是說樹籬。你看過鳥窩嗎？我看過喔，是一個舊的鳥窩，形狀圓圓的，裡面有很多柔軟的羽毛。我覺得小鳥真的好聰明，會蓋自己的窩。」

仍是一陣沉默。

「我不知道為什麼蒼頭燕雀會傻傻的飛進玻璃門，你覺得呢？除非他沒有注意到那扇門。但我很高興那隻鳥最後沒事，雖然他還在我的滑板車上大便。」

可憐的小苔，在這段似乎相當漫長的時間裡他都沒有眨過眼。小秋又吃了一口手上的早餐，嚼了幾下，歪著頭說：「我是不是……不該……打擾你？」

小苔緩慢而勉強的做出點頭的樣子。

「真不公平——都沒有動物要陪我玩，我只是想跟你們當朋友而已。你可以跟所有動物說我很好相處嗎？總之我對你的家變成這樣感到很抱歉，它看起來真的很舒服，甚至比鳥窩還要舒服。你打算去哪裡呢？」

小苔聳了聳肩。他連想到這件事都覺得很苦惱，更何況眼前還有一個這麼可怕的人類。

「好吧，祝你找到新房子，而且最好就在附近，這樣我就可以去參觀了。你應該看看我家的花園，比這個花園有趣多了。我們有一塊野花田和其他各種東西。好了，我要準備去學校了。」

小苔吐了好長好長一口氣。

「喔，在我回去之前，你要不要吃點這個？很好吃喔，我自己弄的。」她轉身走回來並遞出麵包，美味的巧克力醬開始像咖啡色岩漿一樣滴了下來。

「不要嗎？好吧。再見嘍，小苔！」她露出微笑，咬了一口早餐，然後小心翼翼跨過老梣樹的斷木殘枝，回到自己家的那片花園。

等小秋一回到屋裡，隱族小矮人們就衝進其中一個花壇，那裡有個很大的常綠灌木叢，是他們出外活動時經常用來當成庇護所的地方。他們全都激動得不得了，有好幾分鐘都無法平復。他們又蹦又跳、狂飆粗話、不停揮舞手臂、互相發問卻又不聽對方的回答，他們猛抓著頭，試圖宣洩情緒，被人類撞見的這一幕讓他們的身心被極大的恐懼和興奮感淹沒了。

人類能夠看到隱族是很罕見的事，但這並不是什麼新鮮事。大約在一百年前，阿榆有兩個住在英國東部北安普敦郡的遠房親戚，當他們在水溝裡划著小圓船時，發現有個穿著短褲的小男孩蹲在一旁的雜亂草叢裡，著迷的盯著他們。他們嚇得彎下腰，急忙划著用槭樹翅果做成的船槳，遠離小男孩的視線。但往後那些年，阿榆那兩個親戚常常在想，到底小男孩會把他看到的景象當成一輩子的祕密，還是長大後會向別人描述那天發生的事。

等小苔、阿榆和老雲的情緒稍微平靜下來以後（小苔還哭了一會兒，這很有幫助），他們從灌木叢底下往外瞧，仔細觀察那殘破的家園。

「看來我們今天很幸運，」老雲說，「否則我們可能已經身受重傷，甚至丟掉小命了——就算不是因為老梣樹倒下來，也可能是剛才那個人類造成的！」

「很幸運？指的是什麼呢？」小苔說，「我是說，雖然她沒有把我踩扁或抓起來當寵物，但我們再也看不到可愛的家了！花園毀了，我們的東西幾乎都沒了，包括你收藏的那些沙粒！感覺起來實在不怎麼幸運。現在我們該怎麼辦？我們能去哪裡？我們會變成什麼樣？看在潘神的份上，為什麼我不至少答應她吃點甜的東西？」

「有件事我不太懂，」阿榆說，「那個小孩會說野世界的暗語。我以為人類早就忘得一乾二淨了。」

「也許她是個特別聰明的天才。」小苔說。

「對，我想一定是這樣，」阿榆說，「雖然她看起來沒有特別聰明，因為她滿臉都是食物。」

「我在想……」老雲若有所思的說，「這會不會跟玩耍一樣？每個小孩只要有機會就會玩耍，但成年的人類幾乎都不玩耍。也許野世界的暗語對他們來說也是這樣——長大以後就忘記該怎麼說了。」

「大人都不玩耍？喔，真可憐。」喜歡玩「跳橡實」遊戲的阿榆說，「那他們有什麼消遣？」

「你知道我一點概念也沒有。」老雲回答。

「無論如何，小苔，別擔心，」阿榆安慰他說，「想想我們在野世界已經生活了多久、住過多少地方了！我們就照原本討論的那樣出發去愚蠢溪。不是已經講好了，現在是該做點改變了嗎？」

「呃……」老雲說，事實上他不認為大家已經講好了。但昨晚最不願意踏上探險旅程的小苔，此時已經明白他們的梣樹小屋再也回不去了。

「沒錯！那我們今天就往愚蠢溪出發，去找那些表親。聽說他們住的橡樹非常堅固。」小苔說。

「喔，堅固得很，」阿榆說，還用手肘推了老雲一下，「不但賞心悅目，呃，看起來也很寬敞！」

「明亮又寬敞，」老雲附和著說，「據說還是坐東朝西。」

「好！就這麼決定了。」小苔說。

接下來的一個小時左右，老梣樹的殘骸堆出現騷動，因為小苔、阿榆和老雲忙著找出僅存下來的任何東西。他們把找到的物品隨意堆放，所以擋住了彼此的去路。小苔偶爾會停下來想想，眼前的東西還有沒有辦法黏合或縫合。老雲則在傷心的扔掉沙粒之前，仔細檢查每一顆的狀況。

就在某個時刻，他們跑到斷落的樹枝後面躲了起來，因為有兩個成年人類從屋子裡走出來，注視著他們花園的殘骸，並且用難以理解的語言大聲交談。在那之後，每當有小矮人到空地上找東西，阿榆都會不斷催促：「噗嘶！快回來！」還有：「快點快點！」整段過程都非常令人緊張和焦慮，沒有人喜歡這樣。最後，老雲還喃喃說了一句難以饒恕的粗話。

「聽著，阿榆，」小苔說，「我們已經盡全力加快速度了。你為什麼不去挖個洞，把我們帶不走的東西藏起來？如果……等到……我們回來了，我們會想要拿回那些東西，所以我絕對不會讓鼬鼱偷走它們。你知道鼬鼱都是什麼樣子。」

於是阿榆踩著重重的腳步走開，小苔則在老雲的幫忙下把堅果殼碗、彈弓、木湯匙和睡袋攤出來，並且試著決定應該帶走多少蚱蜢乾和蜂蜜蛋糕。他們只找到一個完整的蝸牛殼，裡頭還裝著用接骨木莓果釀成的甜酒，而且年份非常好，於是他們把它擺在一旁，準備用來慶祝他們的啟程。

「我一直想問，」老雲說，「昨天晚上你好像做了一場噩夢，還大叫了出來。你記得嗎？」

小苔停了下來，手中各握著一截釣魚線。「潘神保佑！你說得沒錯，我做了一個很可怕的噩夢，直到現在才想起來。我夢到……呃，我夢到我們全都消失了。」

「我們三個嗎？」

「對，還有我們在愚蠢溪的表親，還有所有族人。我知道只有人類或人類製造的東西會殺死我們，但在夢裡我們沒有被殺死，我們只是……慢慢消失。」

「喔，小苔，那太可怕了。我很抱歉，」老雲說，「你想要抱抱嗎？」

「好。」小苔說。

接著，小苔在老雲的懷裡說：「老雲……這只是個噩夢對吧？我們不會真的消失吧？」

老雲把頭靠在小苔的肩上，表情很嚴肅。然而就在他們還沒能說任何話之前，阿榆再度現身，並且宣布他已經挖好洞了，而且那可能是有史以來挖得最棒的一個洞。

「動作真快啊！」小苔很高興看到阿榆帶著愉快的心情回來，「你究竟是怎麼辦到的？」

阿榆靠在一支新鏟子上，那支鏟子用堅硬有光澤的冬青葉切割出形狀，再用堅韌的莖部做成手柄。

「喔，我找了蚯蚓來幫忙。他們都熱心的伸出援手，呃，當然不能說伸出援手啦，因為他們沒有手……」然後阿榆發出豬叫般的笑聲，直到老雲用手肘用力推了他一下才停止。

「你真是太聰明了。」小苔說。

「你是說我的笑話嗎？對啊，沒錯——我是說，我真的很聰明。」阿榆滿意的說，「總之，我找到了一個好地點，然後用力跺腳，你知道，跟海鷗一樣，這樣就能弄出啪噠啪噠的聲音，彷彿在下雨，這樣蚯蚓就會全部爬出地面。等他們爬出來以後，我就問他們介不介意替我翻翻土，讓它變得又鬆又軟，然後我只要把土鏟掉就行了！」

「所以他們是無條件幫你嗎？」老雲狐疑的問。大家都知道蚯蚓不太友善、尖酸刻薄，而且往往離群索居。

「喔，不，我們已經說好了，我向他們保證，如果他們願意幫我的忙，巴先生今年夏天就不吃他們。」

「嗯……好吧，你可別忘了在我們出發之前告訴巴先生。」老雲說。

（阿榆當然忘了，所以當巴布第二天就抓走三條蚯蚓時，整個蚯蚓界都感到非常憤怒。）

等他們小心翼翼包好最後一捆冬衣、最後一片有用的木屑、最後一包玫瑰花瓣糕點和最後一坨堅果醬，然後把它們放進花壇裡的巨大地洞、蓋上堅韌有光澤的月桂葉，再鋪上泥土之後，三個小矮人就回到大灌木叢裡吃午飯，並且喝掉僅存的接骨木莓果甜酒。

「嗯，我想我會想念我們舒適的家，還有心愛的花園的，」阿榆說，「但現在為我們的探險之旅乾了吧！」他大口喝下蝸牛殼裡的甜酒，然後打了個嗝。

「祝我們一路平安！」老雲帶著有點嚴肅的語氣說。他用那隻透明的左手舉起蝸牛殼，向另外兩位敬酒。

「留一點給我！」小苔說。但蝸牛殼裡只剩下沉澱在最底部的殘渣，嚐起來有軟體動物的味道。

下午的天氣晴朗明亮，比最近這陣子還要溫暖——似乎是出發去旅

行的好日子。小矮人們扛起背包，向花園裡的朋友道別。那群長尾鸚鵡才剛認識他們不久，因此露出高興的表情，但老鼠「小鬍鬚」和他太太「小奧」卻哭得稀里嘩啦，怎麼安慰也沒用；小苔、阿榆和老雲是他們所有孩子的教父母，也曾經是他們老祖先的教父母。

面對這麼多情緒，閃閃只是棲坐在彈跳床邊緣，一派輕鬆且無所謂似的閉著鳥嘴，並發出有節奏的喀噠聲和嗶嗶聲。輪到他向三個小矮人道別時，他只說了：「一路順風，對。」然後就飛走了。巴先生的太太「塔塔」送給每位小矮人一隻小蛞蝓，讓他們可以「在路上吃」；同時，巴布陪他們走了一小段路。

於是，小苔、阿榆和老雲從大垃圾桶和磚牆之間的縫隙溜到梣樹道上，離開了這片從很久很久以前，當這裡還不是花園時就已經是他們家園的熟悉土地。在最後一刻，小苔強忍著淚水，又回頭看了一眼——但隨著老梣樹倒下，一切都不一樣了。別回頭了，這是沒有用的。變化找上門來，他們一定得離開。

現在是下午稍早，還沒到放學下班的時間，所以路上沒有小孩，也沒幾個大人。他們緊貼著人行道內側邊緣走，還不時停下來躲到樹木或花園大門後面，然後再繼續快步前進。帶頭的阿榆舉起舔溼的手指頭確認風向。在空中陪伴他們的巴布，從樹上飛到門柱、門廊再飛到灌木叢，密切注意任何動靜並隨時通知他們躲起來——有個人類正推著一台隆隆作響的嬰兒車經過，或者有隻帶著無辜表情但打算捕殺任何小東西的貓咪正出沒在住宅之間。然而，在經過了幾棟房子之後，巴布停了下來。

「老朋友，我沒辦法再前進了。」巴布用婉轉清澈的聲音朝下方喊著，這時小矮人們正躲在一輛停在路邊的汽車下面，「再過去就不是我的地盤，是另一隻烏鶇的地盤了。但如果你們能等一等，我會試著幫你們的下一段旅程找個守望員。」

巴布飛到櫻樹的樹枝上，那棵櫻樹正開始綻放粉紅色帶有褶邊的花朵。他俯瞰底下有著一排排汽車、屋頂和花園的大街，然後唱出一首優美又歡樂的歌曲。沒多久，另一隻公烏鶇出現在旁邊的一棵樹上，並且開始鳴唱。但就在場面快要演變成歌唱比賽之前，巴布解釋自己並不是想要闖入對方的地盤、偷走對方的食物或者搭訕對方的女朋友。他把小苔、阿榆、老雲和他們要去探險的事全部說了出來，那隻公烏鶇也歪著頭，用鑲著金邊的眼睛看著底下的小矮人們。最後，巴布離開了，一會兒低一會兒高的飛越成排的樹籬和籬笆，回到他在梣樹道52號的地盤。

就這樣，他們的第一段旅程就在烏鶇連番接力之下，從大街一直來到住宅區的盡頭。誰會想得到，那一隻接一隻唱出歡樂歌聲的鳥兒，正扮演守望員和嚮導的角色，指引三個小矮人沿著人行道悄悄前進，離開那生活了兩百個杜鵑夏天的家園——也許他們永遠不再回來了？

Chapter 4

農田與荒野

一隻夜行性掠食者，

發現了他們的營地。

當天色開始變暗，三個小矮人已經走出了城鎮，路上再也看不到路燈、房子或小塊的菜園。這條路經過了一個青翠平坦的高爾夫球場，不過沒什麼車子經過。他們還沒來到真正的鄉村，就是那種有一大片農田或荒野的地方，而是位在某個中間地帶。

一路上，他們都睜大眼睛（也豎起耳朵）注意其他隱族同胞的蹤跡，尤其是在任何感覺起來很古老、荒蕪或雜亂的地方，例如潮溼的水溝、矮樹叢，或者特別古老的樹木。然而，那些地方都看不到有任何族人在守護，或者即使有族人住在那些地方，也會躲藏起來。

阿榆會利用自然現象來指引他們前進的方向，例如在夜空中找到北極星、注意樹幹的哪一邊長了藻類，或者明白蜘蛛通常會順著盛行風的方向結網。

「我們就在這個樹籬裡紮營吧，」阿榆環顧四周說，「今天走了好長一段路，我有點餓了。」

「我也是！」小苔說，「我可以吞下一整隻蝌蚪。」

「是啊，停下來休息吧，」老雲說，「我也挺累的。」

在帳篷裡過夜是最令人興奮的事了。對新手來說，從無到有搭起一個舒適的小窩會覺得自己很勇敢，好像幾乎什麼事情都辦得到。再來是圍著營火野炊、在戶外星空下吃飯的樂趣。最後還能舒舒服服的躺在自己的帳篷裡，聽著四周的蟲鳴聲，知道即使下起雨來，帳篷裡依舊會溫暖又乾爽。

當然，因為隱族生活在野外，大多數的族人都是露營高手。雖然小苔、阿榆和老雲在梣樹道住了很久，但他們很快就找回自己的技能，輕而易舉搭起了三個用蝙蝠皮做成的小帳篷。他們把帳篷藏在樹籬底下，被白屈菜、交錯纏繞的常春藤和枯葉遮住的地方，所以完全不會被發現。小苔在三個帳篷中間清出一塊空地來生火，並且確保四周沒有任何東西會意外著火。阿榆出去尋找「臭起司蟲」（他們都是這樣稱呼潮蟲），那可是一道美味佳肴。隱族喜歡用黏土包住這些蟲，然後放進餘火灰燼裡烘烤（尤其是在旅行時），就像烤迷你馬鈴薯一樣。

樹籬底下散落著路過車輛從車窗扔出來的垃圾——果汁盒、一個外帶紙盒、好幾張永遠不會腐爛的塑膠糖果紙，甚至還有一條印著超級英雄圖案的男性尼龍內褲。很明顯的，這片樹籬沒有守護者。個性比較務實的阿榆立刻想：有沒有辦法把它們做成什麼東西，例如降落傘或船帆，但這或許不是個好主意，因為它們看起來有點髒。

在距離不遠的地方有一塊樹樁，樹樁的裂縫裡藏著堤岸田鼠在去年秋天存放的一堆榛果，不過那隻田鼠已經在某個酷寒的日子裡被一隻有著赤褐色背部、外號叫做「天際翱翔者」的紅隼吃掉了。阿榆立刻把榛果放進自己的背包裡，連帶著還有躲在落葉和腐爛木塊底下，不幸被找到的十一隻潮蟲。

等所有人都被慢烤臭起司蟲填飽了肚子，小苔就在火堆上撒一些土，讓火安全熄滅，然後大家各自爬進帳篷、鑽進睡袋。過了不久，響亮的鼾聲就從阿榆的帳篷裡傳出來，但是在另外兩個小矮人的帳篷裡，幾隻小眼晴仍然在黑暗中閃閃發光——兩隻在小苔的帳篷裡，一隻在老雲的帳篷裡。

「老……老雲，」小苔的帳篷裡傳出顫抖的低語，「老雲，你睡了嗎？」

「還沒，小苔。你是不是想家了？」

「有一點。」

老雲不想吵醒阿榆，所以悄悄爬進了小苔的帳篷。

「我感覺，彷彿回到我不得不離開野花草原的時候，」小苔悲傷的低聲說，「我知道我照顧草原的時間沒有你照顧池塘那麼久，但我的心在一百個杜鵑夏天前碎了。有時候，我覺得自己的心依然是碎的。」

「我知道。」老雲說，「雖然我們再也不是守護者了，但我們還是熱愛著野世界。我也想念梣樹道。」

「你覺得我們會回去那裡嗎？」

「天曉得。但你想想，你在離開野花草原以後跟阿榆成了朋友，而且找到那一大排梣樹，在那裡生活，不是嗎？後來我也出現了。我們或許再也沒有工作，但至少我們還有彼此，而且我們三個永遠都會是朋友，知道嗎？直到永遠。」

小苔勉強露出淡淡的微笑，「謝謝你，老雲。」

「沒事的。好，我有件事要告訴你，因為我也需要說說我的擔憂，但你不要告訴別人或者大驚小怪的，好嗎？」

小苔感到有些受寵若驚，能得到他人的信任並且覺得自己有用處，真的很棒。

「好吧。什麼事？」

「就是……呃，我的手。」

「是變透明的那隻手，還是另一隻手？」

老雲在昏暗的光線下抬起一隻手給小苔看，但這次不是左手，而是右手。

「是另一隻手，你看。」

「我什麼也沒看見。」

「我知道，這就是重點。」

「喔，老雲。」小苔輕聲的說，努力忍住淚水。他們互相擁抱，雖然老雲告訴小苔真的不需要擔心，但小苔還是過了很久之後才終於入睡。

夜深人靜的時刻，三個小矮人各自在帳篷裡嚇得坐了起來，他們睜大眼睛，不確定自己被什麼東西吵醒，然後小心翼翼的從帳篷門片裡探出頭來，竊竊私語：「噗嘶——你醒了嗎？」

「你聽到那個聲音了嗎？」

「有，我聽到了！」

外面一片漆黑，沒有月亮，只有遠處的城鎮亮著點點燈光，但是隱族小矮人在黑暗中也能看得很清楚，而且四周看起來沒有危險。儘管攀附在樹籬上從去年就枯掉的赤褐色葉子發出有點嚇人的聲響，但他們沒有聽到人類的聲音，也沒有聞到人類的氣味。不過可以確定的是，有某個東西或某個人在附近活動——三個小矮人都明顯感覺到，這個地方不再只有他們而已。

這時候，空中又傳來那個吵醒他們的聲音，是一聲尖銳的「咕咿！」

緊接著是一個拉長且微微顫抖的「嗚嗚嗚——」回應聲。過了不久，一隻有著心形臉蛋和美麗斑紋羽毛的褐色貓頭鷹飛離馬路上方的山毛櫸樹，降落到樹籬底下。

「欸，你們三個到底是誰？」貓頭鷹凝視著他們說，「看得出來你們不是田鼠，真是可惜，因為我肚子餓了。你們是小妖精嗎？」

老雲、阿榆和小苔有點不高興。

「當然不是，」老雲說，「我們是隱族小矮人。我敢說妳是一隻灰林鴞。」

「沒錯！我是班太太……咕咿！」她又叫了一聲，然後把頭微微向右轉，等待那個「嗚嗚嗚」的回應聲，「我的另一半在那裡，他有點害羞。喔——嗚，隱族小矮人，對嗎？真有意思。我在故事裡聽過這個名字，但這是我頭一次見到隱族小矮人。老實說，我還以為你們絕跡了！」

「絕跡？」老雲皺起眉頭，「喔，不，不可能的，隱族是長生不死的，我們會永遠活在野世界。絕跡？潘神保佑，不會的。」

阿榆拉高嗓門說：「所以這裡真的看不到我們的族人嗎？一個都沒

有？」

「就我所知，恐怕是這樣，而且我很了解這裡。你們是路過還是要久留？我必須說，我非常歡迎你們待在我的地盤，聽說你們隱族很有福氣。如果你們願意，我可以在抓完獵物以後幫你們找個洞穴，我不介意天亮後再多飛一會兒。」

「喔，我們要去拜訪住在愚蠢溪的遠房親戚。」阿榆說，「但還是很謝謝妳，妳真好。請問妳知道我們還要走多遠嗎？」

這時，班太太的眼睛突然微微凸起，小苔和老雲互看了一眼，露出不安的神情，但過了一會兒，班太太拉長脖子、閉起眼睛，然後張開嘴巴，在草地上吐出一小團食繭，裡面包著灰色的毛髮、吃得很乾淨的骨頭，還有她最近吞進肚子裡但無法消化的東西——田鼠的頭骨、老鼠的椎骨、閃亮的甲蟲翅膀，甚至還有青蛙的下顎骨。小苔向後退了一步，但阿榆看得很入迷。

「不好意思。」班太太縮回脖子，眨了兩下大眼睛，「嗯……愚蠢溪……我相信我有個老祖先曾經住在那條溪邊的一棵樹上——你也知道這

些故事是怎麼代代相傳的——不過那已經離我們很遙遠了，我講不出愚蠢溪的正確位置，我只知道你們是沒辦法在冬天來臨以前走到那兒的，嗚——嗚——不，根本不可能。」

原本阿榆計畫找鳥兒帶路，現在他們遇到了第一隻鳥，她可以飛得比烏鶇或麻雀還要遠，結果卻無法幫他們的忙。雖然能分辨東西南北、靠星星指引方向真的很棒，但你還是需要知道自己該往哪個方向走，以及可能會花多少時間。

老雲對阿榆說：「我就知道！照這樣子走下去，路途會太遠，我們太小了。」

小苔焦急的來回看著兩位朋友。有時候，他們會惹得對方不高興，這種感覺很不好受。有一次，兩位小矮人為了能不能養一隻糞金龜當寵物大吵了一架，阿榆還踢了老雲的小腿，結果老雲跌到糞金龜身上，把糞金龜壓扁了。雖然這在某種程度上解決了問題，但他們卻冷戰了將近整整十個杜鵑夏天，那真是一段非常難熬的日子。

班太太把一隻爪子抬到鳥喙下方搔搔癢，姿勢不怎麼優雅，「嗯……

如果你們要走很遠的路，可以找鹿群商量一下。」她說，「他們的速度很快，而且只要是他們認定的朋友，他們的表現都很友善——雖然我不保證他們會信任你們，嗚——嗚——好吧，我根本沒辦法保證。但如果你們對他們很恭敬、有禮貌，也許可以說服他們至少帶你們走一段路。」

「真是個好主意！」小苔說，「你們同意嗎？阿榆、老雲？天哪，我是絕對想不到這個主意的。」

「我想得到，只是沒人想過要問我。」阿榆有點不屑的說。老雲則驚訝的抬起眉毛。

「好吧，總而言之，」小苔在他們吵起來之前趕緊開口，「這個問題解決了。妳可以告訴我們要去哪裡找鹿群嗎？」

「嗚——嗚——不，我現在恐怕沒辦法告訴你們。雖然鹿群有一大票成員，但過著隱祕的生活，他們寧可到處移動。不過如果你們明天晚上在相同時間到這裡找我，我會盡量提供消息給你們。你們也可以利用這段時間問問其他動物要怎麼去愚蠢溪，只是不必麻煩田鼠了——他們呆頭呆腦的，而且很容易抓！」

說完，班太太就張開翅膀，飛向漆黑的夜空，只留下最後的「咕咿！」和「嗚嗚嗚」的回應聲在東方漸漸淡去。

你是否曾經在春日的破曉時分，在戶外醒來？這時候會發生的情況是這樣的：鳥兒都盡可能大聲歌唱，迎接新的一天，這絕不是無聊、心不在焉的嘰嘰喳喳叫。不！那些鳥兒拿出真材實料、竭盡全力，呈現最極致的表現，就像管弦樂團、合唱團或是足球比賽進球得分時，觀眾都卯足了勁歡呼。豐腴的鶇鳥高聲呼喚，嬌小的鷦鷯使出彷彿隨時會爆開的力氣猛耍顫音。知更鳥的叫聲清脆感傷，烏鶇的叫聲歡樂愉快，林柳鶯的鳴叫有如硬幣旋轉掉落的聲音，蒼頭燕雀的歌聲輕快活潑，黑頂林鶯唱得起勁，籬雀的聲音聽起來有些粗糙，椋鳥會發出口哨聲並且像機器人那樣嗶嗶叫，還有其他鳥兒唱出各種可愛的旋律。這就是那天早上隱族小矮人醒來時遇到的情況。儘管他們早已習慣梣樹道的黎明大合唱，但現在他們正走入鄉間，有更多鳥兒和一些不一樣的鳥出現，所以會聽到較不熟悉的鳥叫聲，何況整個場面那麼熱鬧，絕對沒辦法再睡回籠覺的。

他們吃了一些爆花粉和現榨蒲公英汁快速的解決了早餐，並決定出去探索四周的環境。他們紮營的時候天已經黑了，所以還沒有好好看過自己所在的地方。山楂樹籬旁邊的道路已經開始有車輛經過，於是他們就朝另一個方向前進，走入一片晨露未乾的長草叢。

地上有許多迷你小徑蜿蜒穿梭在高大的草莖之間，不論是誰俯視田野，都無法發現——不過像紅隼這樣的猛禽就看得見。這些小徑都是由田野族民（田鼠、老鼠和鼩鼱）開闢出來的，但你得像隱族一樣嬌小才能使用。阿榆走在最前面，揮著他的史丹利刀替大家開路，但他的動作很小心，以免傷到生活在潮溼草叢的綠貓蛛、蝽象或大蚊。這裡其實有點像在叢林裡那樣寸步難行，難以擺脫的牛筋草、金黃色的毛茛和纖細的淡紫色草甸碎米薺全都密集生長在草莖之間，把各種東西纏在一起。草叢本身也包含了好幾種植物，它們多半都有好聽的名字，例如黃花茅、紫羊茅、洋狗尾草和絨毛草。

想像你是一隻斑尾林鴿，從樹上俯視著整片土地。在道路和田野之間矗立著一排山楂樹籬，由於缺乏人類照顧，因此長得有些凌亂、有不少缺口，而且散落著枯枝殘葉和垃圾，但它還活著，而且有新的葉子長出來。在樹籬底部，有三個看起來像枯葉一樣的蝙蝠皮帳篷，還有一個剩下黑色餘燼的小火堆。再過去幾公尺遠的地方，有一塊綠色的長草叢正在微微晃動，但不是因為有微風吹過，而且那一陣陣晃動正朝田野深處邁進中。你完全看不到三個隱族小矮人，因為高大的青草在他們的頭頂上方閉合，但你可以隱約注意到他們在前進，如果你知道要看什麼地方的話。

然後你看到草叢的另一處也出現波動，距離小矮人有點遠，不過那一陣陣流暢的波動正在朝他們接近。你那長滿羽毛的胸膛裡有顆小鳥心臟，正因恐懼而狂跳，因為你知道那是什麼——你曾經在長草叢裡看過這樣的波動，於是你意識到……

「蛇！」長草叢裡突然傳出一聲喊叫，一隻斑尾林鴿驚恐的從樹上飛走，而且發出一陣喀噠聲。而阿榆，他高舉著一把反射著陽光的史丹利刀。

Chapter 5

驚險的對峙

當三個小矮人，

遇上了一個怪腔怪調的傢伙。

在道路旁那片綠色田野的長草叢裡，正上演著對峙的場面。那些坐著車子呼嘯而過，趕著上班、上學、到商店買東西的人類，完全沒有注意到這件事，而且就算他們緩慢的前進，多數人對野生動物的祕密世界也是一無所知——當你不相信某些事物，自然就會更難發現它們。

一條帶著橄欖綠的蛇，停止了他在草莖之間蜿蜒前進的動作，然後抬起頭，用美麗卻缺乏表情的眼睛注視前方的三個隱族小矮人。

「啊！」阿榆使盡全力大喊，還胡亂揮舞著他的史丹利刀，「啊——！」

小苔發出微微的抽噎聲，並試圖抓住老雲的手，不過沒有成功。想要轉身逃跑的渴望雖然強烈得幾乎無法抵擋，但如果最後什麼事也沒發生，這個懦弱的行為將會留下難以抹滅的記憶。

「阿榆！」老雲低聲制止，「用說的！蛇跟大家一樣聽得懂野世界的暗語，你知道吧。」

「喔！呃，對，當然。」阿榆有點難為情的說，「好的，先生，你……你退後一點可以嗎？你也看到了，我們是全副武裝的喔！」

「喔，灰常抱歉，剉到你們了。」水游蛇低下他那光滑細緻的頭，看起來有點鬱悶，「偶不知道為什麼大家怕偶怕得要命，偶花誓，偶已經好幾個月沒吃過不該吃的東西了。」

這時，老雲走上前去，「很高興認識你。我叫老雲，我代替我的朋友對你感到很抱歉，我們只是有點剉到而已，我是說『嚇到』。」

「拜託，叫偶『小斯』就可以了。」水游蛇發出嘶嘶聲，「那你們是……？」

阿榆和小苔有點慚愧的自我介紹。當然，他們在漫長的一生中已經看過很多次蛇，但也有一段時間沒看到了，而且雖然知道住在這裡的生物都很害羞溫順，不過考慮到他們行動的方式跟動物們截然不同，可能會嚇到那些粗心的生物。不過話說回來，所有人都不應該只憑外表來判斷一切，這也是為什麼阿榆和小苔認為應該對自己感到失望。而且讓事情更複雜的是，阿榆身上還穿著一件蛇皮背心，所以他覺得很不自在。

「偶才冬眠完沒幾天，所以很餓。」小斯說，「偶猜你們應該不知道哪裡可能會有蛋吧？」

小苔的肚子咕嚕咕嚕叫。雖然才剛吃完早餐不久，但對隱族來說，蛋幾乎比任何食物還要重要，而且只有在春季才能在野外找到它們。

「恐怕是這樣。但我們可以給你一塊蚱蜢乾，如果這有任何幫助的話。」小苔說。

「好噁！可怕的東西。」小斯回答，「抱歉，偶明白你們的好意，但如果沒辦華咬爛，它會卡住喉嚨。」接著他把自己的粉紅色嘴巴張得大大的，向小矮人們證明自己根本沒有大臼齒，也沒有毒牙，只有幾顆向後彎曲的小牙齒可以幫他緊緊鉤住像青蛙這種會扭來扭去的獵物，以免到嘴的肥肉飛了。

「呃，好吧，我們真的該往前走了。」阿榆說。無論小斯多麼友善，他對那幾顆牙齒還是感到有些不安。

「好，可是要注意喔！那邊有一條路是給人類那些臭氣沖天的四輪戰車走的。如果偶是你們，偶不會靠近它，因為很多動物再也沒回來了。如果偶是你們，偶寧可待在這裡。如果你們一定要旅行，可以去那邊的樹林看看。」（他把身體微微抬高，用頭部比畫了一下。）「喔！它的旁邊有一條溝，有時候可以找到青蛙蛋，灰常好吃！只不過最近少很多了。」他說，還發出快樂的嘶嘶聲，「嗯……既然你們還沒走，偶可以問你們一件事嗎？」

「當然可以。」阿榆說。

水游蛇朝老雲點頭，「你，這位老人家，你的兩隻手到哪裡去了？」

「喔，呃，對，事情是這樣的……」老雲開始說。

「等一下，」阿榆打斷老雲的話，「兩隻手？左右兩隻都是嗎？」

「對，呃，關於這件事……」

「讓我看看！」

老雲舉起雙手，結果什麼也看不見。

「真的太糟糕！太可怕了！小苔，你早就知道了嗎？」

小苔把頭低下來。

「你們打算什麼時候才要告訴我？」阿榆不滿的說。

就在他們快要吵起來時，一件怪事發生了。小斯的眼睛開始轉為混濁的藍色，身體一動也不動。接著，他頭部的皮膚開始裂開，但底下露出了健康的新鱗片。沒多久，小斯就換了一個新的頭殼，而且——潘神保佑——他變得好帥氣，下顎變得更白，後腦勺的斑紋也比以前更鮮豔。

「抱歉喔，等偶一下。」說完，小斯享受的閉上眼睛，用長長的身體側面摩擦峨參和周圍其他植物的嫩莖。慢慢的，一層完整的死皮就像脫襪子那樣往外翻、從他的身上剝落並留在草叢裡，成為任何一位幸運發現者的珍藏物。最後，他帶著大約一公尺長的全新身軀出現，橄欖綠的鱗片在春日陽光下閃閃發光。

「舒胡多了！」他說，然後開始滑行離開，「你們知道嗎，這是偶醒過來以後一直很想做的事。好了，再見！祝你們有愉快的一天！」

小斯離開後，他們就坐在長葉車前草的草叢底下，把事情說清楚。一開始，老雲堅持認為個人的健康問題是私事，所以阿榆無權生氣。但阿榆指出，小苔已經從老雲口中得知身體消失的現象愈來愈嚴重，而且被蒙在鼓裡，讓他覺得好像被排擠了，也許根本沒有人在乎他。

「我們在乎你！當然在乎！」老雲說。

「好，如果是真的，那你跟我說實話，為什麼你只告訴小苔，不告訴我？」

「要我說實話嗎？好吧，因為我不想讓你反應過度。其實，呃，小苔比你懂得傾聽。」

「什麼！你竟敢這樣說！」阿榆說，「真的太傷人了。你太可惡，太壞心了。」

「你看，這就是我……」

「喔，有人在說話嗎？」阿榆把雙手環抱在胸前高傲的說，「抱歉，我什麼也沒聽見。」

「喔，阿榆，別這樣，」小苔說，「你們都是我的朋友，而且……」

「不，不，沒關係，小苔，不必費心跟我解釋，我一點事也沒有，好得很。」

阿榆當然一點都不好，他在生悶氣——不說出心中真正不爽的事，好成為吵贏的那一方。這是一種不光明的手段，代表任何事情都無法充分溝通，而且可能真的會破壞原本相親相愛的關係。老雲和小苔都受不了這樣，但說句公道話，自從發生那次惡名昭彰的糞金龜糾紛以後，阿榆就一直在努力不生悶氣。

「阿榆，」老雲說，「如果你希望別人把事情告訴你，你就要好好聽人家說話，不要恐慌、生悶氣，或者以為別人在針對你——就像你現在這樣。」

但自認為受到打擊的阿榆，完全聽不進老雲的這番真心話，氣呼呼的走掉了。

帶著幾分鬱悶的心情，老雲和小苔繼續前進，仔細勘查田野、樹林和水溝的情況。陰涼的樹林很快就會長滿一大片藍鈴花，雜草叢生的水溝已經堵住，只剩下一點點水，而且沒有蠑螈或青蛙蛋。

「我不認為那條水溝有守護者，」老雲踏著沉重的步伐說，「它看起來一點也不像受到很好的照顧！」

陽光暖暖的，天空藍藍的，四面八方傳來陣陣鳥叫。許多在今年新婚的鳥兒們正在討論要在哪棵樹上築巢，以及如果有了小寶寶，可以去哪裡找到最鮮嫩多汁的毛毛蟲。藍山雀唱著顫音，大山雀叫著「提切！提切！」，小樹林裡傳來嘰喳柳鶯「丁克！丁克！丁克！丁克！丁克！」的叫聲。這隻嘰喳柳鶯從非洲一路飛了將近一萬公里來到這裡，是最早歸返的夏候鳥。他在溫暖的撒哈拉沙漠以南的非洲地區過冬，以昆蟲為食，但到了春天，這裡的蟲子比非洲多，所以他飛回來建立自己的家庭並且期待一些母鳥很快會抵達這裡。

萬物似乎一下子就開始生長起來。長達數個月的冬季過去，當整個世界感覺如此寂靜、寒冷、死氣沉沉之際，植物和樹木紛紛重現生機，往上冒出莖幹，向下生出根系，或者舒展新的葉子。空氣聞起來鮮綠可口，結束冬眠的大黃蜂提早現身，而在沉寂了幾個月後，終於開始有昆蟲爬來爬去、飛來飛去——這造福了所有鳥兒和其他仰賴昆蟲為食的生物，包括隱族小矮人。他們盡量不吃蝴蝶或飛蛾（儘管有些毛毛蟲非常美味），但阿榆很會用彈弓，可以從兩公尺遠的地方打落一隻蜻蜓。

老雲和小苔用一個蛙皮袋子裝水溝裡的水，然後回到營地。小苔開始烹煮野胡蘿蔔燉菜配百里香餃子，他用來料理的鋁鍋曾經是個茶燭燭台，只不過沒有人知道。老雲回到自己的帳篷裡休息，不久之後，阿榆回來了，看起來有點難為情，他已經控制住自己的怒氣。

「嗨，小苔，我剛才在勘查環境。」阿榆說。

「喔，怎麼樣？」小苔一邊說，一邊撒幾粒茴香籽到鍋裡增添香氣，「你發現什麼了嗎？」

「我仔細看過了，就跟班太太說的一樣，這裡找不到我們的族人；零，無，一個都沒有。」

「有點奇怪，對吧？原以為至少可以找到一、兩個。」

「我要去告訴老雲，不過小苔……我想先跟你們說對不起。我只是覺得有點被排擠、有點受傷，但就因為這樣，我只想到我自己，忘了真正感到難受的人其實不是我——這就是為什麼老雲選擇把祕密告訴你，而不告訴我！我真的很氣我自己。」

小苔露出微笑。在這一刻，阿榆做了一件非常勇敢的事，值得給予滿滿的善意回應和讚賞。靠自己擺脫惡劣的情緒很不容易，更別提道歉了。

「你可以找老雲好好談談。」小苔親切的回答，「放心，我會把你的晚餐保溫好的。」

兩個老朋友很快就和好了。阿榆在道歉之後，問老雲對身體愈來愈透明的現象有什麼感覺。

「你確定不會痛或什麼的嗎？」

「完全不會。」老雲回答說，「我感覺自己很好，只不過，嗯……我知道我們是隱族人，但我不想完全看不見，你懂吧？」

「你不想嗎？喔，我很想欸！這樣我就可以偷偷的到處監視別人了。不過我得脫掉所有衣服，否則就會只剩一件短褶裙和背心飄在半空中，那會很奇怪！」

「聽起來倒是不錯，但我可不希望朋友們再也看不到我。」老雲解釋，「就算他們知道我還在，也不會好好看著我，那會……呃，我會覺得自己再也不存在了，我會被當成……透明人。」

這是個令人深思的想法。

「嗯……現在唯一能做的，就是趕快到愚蠢溪，找我們的表親幫忙。」一向務實的阿榆說，「菟絲一定會知道該怎麼做，也許其他族人也知道。」

老雲和阿榆從帳篷裡出來時，又像好朋友那樣了，他們跟小苔一起在火堆旁盤腿而坐，吃著榛果殼裡又香又熱的燉菜。灰白色的天空轉為乳白色，就像牡蠣內殼的顏色。太陽漸漸西沉，直到被地平線上的樹木遮住為止，光線也開始一點一點消退。

如同所有貓頭鷹一樣，班太太安靜無聲的降落在附近的地面上，然後把她的大翅膀摺到背後整整齊齊的收好。

「大家……嗚……晚安！」她開口說，「我有鹿群的消息了，他們離這裡不遠，而且願意跟你們見面，但是會在今天晚上星星升起時離開。你們準備好出發了嗎？」

小苔看著其他人，一顆心撲通撲通的跳，但分不清楚到底是因為害怕還是因為興奮。

「好，這是很棒的消息！」阿榆說，「我們當然沒問題。立刻上路吧！」

「他們真的願意帶我們去嗎？」老雲說。他的長髮在傍晚的昏暗光線下微微閃著銀光。

「這個嘛，我也說不準。我好不容易找到一隻鹿，跟她迅速談了一下。我感覺得出來她聽過你們族人的事，而且好奇的想要跟你們見面。但跟鹿談話並不容易，他們的警戒心很強，無論對誰都一樣，包括我們貓頭鷹在內。」

「真想不到。」阿榆對猛禽也有很強的警戒心。

「你們必須穿過田野，往北走。過了小溪以後，就會發現自己來到一片長滿熊蔥的樹林，那股氣味非常容易辨認。繼續直走，就會看到一片幼嫩的小麥田。然後，向東走，順著水溝來到一個角落，你們就會看到一群鹿聚集在那裡。你們必須恭敬的輕聲說話，並且證明自己值得信任。」

老雲站起來鞠了個躬，「我不知道該怎麼感謝妳，班太太，妳真的幫了我們一個大忙。我們還能再見到妳嗎？」

「在你們回來的路上，也許我們還會再碰面——如果你們回來的話！我一定會特別留意你們的行蹤的。」班太太說完，便張開巨大的褐色翅膀飛離地面，「祝……嗚……好運！」橘黃色的天空傳來一陣微弱的叫聲。

Chapter 6

星光下的會面

三個勇敢的探險者，

必須說服溫柔的鹿群信任他們。

三個小矮人很快就為出發做好準備，然後阿榆帶頭走進了糾結的草叢，穿過漆黑的田野。

「你怎麼知道哪條路往北？」小苔低聲說。

「很簡單。」阿榆回答，「今天早上太陽從哪裡升起？」

「我不記得了。」

阿榆嘖了一聲，「好吧，那現在太陽在哪裡下山？」

「喔！那邊。」小苔指著地平線上還有點亮光的地方。

「好，我們都知道太陽從東邊升起、西邊落下，對吧？所以……」

「方位的順序是北、東、南、西……」

小苔喃喃自語，「所以北方在這！」

「沒錯，」阿榆說，「你知道以後就簡單了。」

他們順著流水聲踏上一座老舊的木板橋，越過小溪，然後在鼻子的帶領下進入熊蔥樹林。從那裡，他們發現一片在去年九月播種的嫩綠小麥田。令他們意外的是，田裡居然沒有野花或巢鼠，跟過去的小麥田似乎有很大的差別。

他們走到了田野的角落，俗稱「暮星」的金星正在夜空中閃閃發光。就在他們等待鹿群到來時，蝙蝠從空中快速閃過，一度還有一組閃個不停的小燈慢慢從他們的頭頂上方掠過，伴隨一陣柔和的機械轟鳴聲。數十年來，他們已經習慣飛機的出現並學會忽視它們。要是在空中吃著塑膠托盤裡的餐點、戴著耳機打瞌睡的人類能夠看見遙遠地面上所發生的事，那該有多好！這樣他們就會發覺，這個世界跟他們認識的世界非常不一樣。

「呼呼呼……」小苔抖了抖身體。這個春天的夜晚其實挺暖和的，但緊張的神經往往會讓你感到焦慮不安。在一片漆黑中，阿榆不耐煩的左右踏步，只有老雲還靜靜的站著。

然後，她們來了，從黑暗處一個接一個出現──那是一群母黇鹿，她們又黑又大的眼睛在星光下閃閃發亮，而且成功的在不出聲的情況下圍住了三個小矮人。突然間，小苔、阿榆和老雲發現，一群鹿正伸長著脖子凝視著他們，並且用柔軟的鼻孔輕輕呼氣，那溫暖的氣息散發著青草、樹皮和花朵的香味。

阿榆和小苔向前後左右鞠躬示意，阿榆還搶走了小苔的橡實殼斗帽，但老雲謙卑的跪了下來，過了一會兒，其他兩個小矮人也跟著跪下。這些鹿雖然都很高大，但卻十分羞怯而優雅，所以她們願意靠這麼近，讓這三個小矮人感到很榮幸。

「找我們幫忙的，是你們嗎？」一陣低沉的聲音傳來。

「是的，夫人。」老雲低著頭回答。

「你們是……隱族小矮人？真的嗎？」

「是的。您是第一次遇見隱族嗎？」

母鹿們開始交頭接耳，數十隻黑眼睛注視著他們，並且露出愈來愈感興趣的眼神。

「我們只在古老的故事和傳說裡聽過你們。」母鹿說，「我們知道你們曾經守護過野世界，各自負責一塊小土地，後來在數百個杜鵑夏天前，人類廢除了你們的職務。但我們只知道這麼多。」

「我們絕對是隱族小矮人，」阿榆說，「我們三個都是，相信妳們看得出來。」

母鹿們輕輕的笑了，「對，我們現在看出來了。可以讓我們知道你們的名字嗎？」

小苔用手肘猛推阿榆，然後開口說：「夫人，我叫小苔，這是老雲，這是阿榆。」

「我叫芙莉。這些是我的姊妹、我的女兒、我的長輩和表親。」

「很榮幸認識妳們。」小苔說。

「你們其中一個人……正在受苦。」一個溫柔的聲音說，「那是什麼樣的狀況？」

「喔，是我。」老雲感傷的說。接著他站起來，伸出早已看不見的雙手，「但我一直把手放在背後，妳們是怎麼知道的？」

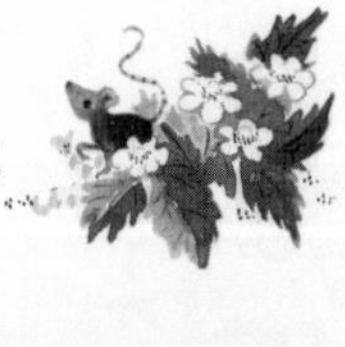

「我們會注意一切事物，這是我們生存的方式。」接著她把美麗的頭彎下來，看著老雲的身體，然後輕輕吸了一口氣。

「這個消失現象……並不是一種疾病。」她說。

「但……那是什麼呢？」阿榆問。

「我只能告訴你們我所知道的事，那就是你們的朋友沒有生病，不過有件事正在發生，而且那件事……很不尋常。你們最好把它查清楚，愈快愈好。」

三個隱族小矮人互相看來看去，他們開始對老雲遇到的事以及或許他們全都會遇到的事感到非常非常的害怕。

「言歸正傳，」芙莉繼續說，「因為困擾你們的事不會對鹿造成威脅，所以我們願意帶你們去偏僻的鄉下，但有兩個條件：第一，你們必須吃得跟我們一樣，而且立刻扔掉你們背包裡曾經活著的所有東西。身為獵物的我們，沒辦法眼睜睜看你們吃掉任何有過生命的動物。」

他們勉為其難的脫下背包，然後打開來，掏出所有蚱蜢乾和烤潮蟲。

小苔拿出了三條要留到特別大餐時享用的醃燻刺背魚，四周的母鹿立刻全都向後退，躲開那股燻魚味。為了避免繼續冒犯她們，小苔快速拔了幾片厚厚的新鮮草葉，把那堆食物蓋起來。

「第二，你們一路上都不能說話，一個字都不行，因為狼的耳朵很靈敏。我們會在沒有危險的時候跟你們說話。如果你們無法保持沉默，我們就會立刻離開，讓你們自己走。我們聽過的那些故事提到隱族小矮人都很愛講話，你們能接受這樣的條件嗎？」

三個小矮人堅決的點了點頭。雖然他們確實會互相嘮叨，但是跟人類不一樣，隱族小矮人也知道如何保持安靜，而且他們在釣魚或獵蚱蜢的時候，就經常用手勢互相溝通，所以他們相信，沉默幾個小時是很容易的事。

阿榆舉起一隻手問：「不好意思，夫人，您剛才提到狼，但我不認為這裡還有狼，至少有好一陣子沒看到了。」

母鹿們開始低聲交談。

「你不是第一個跟我們這樣說的朋友，」芙莉回答，「但他們怎麼可能一下子消失呢？沒錯，狼是我們的天敵，一直都是，但他們也有生存的權利，就跟你我一樣。他們是這個美好的野世界裡的一分子，怎麼可能絕跡呢？潘神肯定不會讓這樣的事發生。」

「嗯……他們不是絕跡，也許只是去……別的地方？一個很遠的地方？」阿榆說。

「也許吧，但我們不能冒險。我們對狼的恐懼是根深柢固的，就像所有野生動物都會害怕人類。況且，我們以為河流工程師——河狸——已經離開了河岸，但後來有一群鹿從西邊傳來他們的消息。還有，我們長久以來都沒見過隱族小矮人，但現在你們卻出現在這裡。讚美潘神，誰又能說狼的情況不一樣呢？」

「這點我不得不同意。」阿榆聳了聳肩。

「在我們出發前，我可以請教您一件事嗎？」小苔說。

「可以。」芙莉低聲說。

「這段路有多遠？是不是早上就會到？」

「不，小苔。」

「明天晚餐之前？」

芙莉低下頭，大大的黑眼睛在星光下發亮：「我們白天休息，天黑才上路。你們會跟我們一起旅行好幾天，一切都會很順利的。」

Chapter 7

騎乘之旅

大夥兒走了好長一段路，

而終點似乎還在遠方。

多年後，每當小苔試圖細述他們與母黇鹿群共度的那段筋疲力竭、如夢一般，且似乎永無止境的旅程時，他總覺得沒有任何言語可以精確捕捉其中的奇特之處。或許是因為他們禁語了那麼多天，以至於不再用語言思考，開始活在當下，就像野生動物。

當日後，無論小苔講了多少遍這個故事，他都找不到最恰當的字眼來形容當時的感受，不管是在母鹿小心翼翼踏出步伐、左右微微搖擺時緊握著她健壯頸部上的暗褐色粗毛不放；看不到其他同伴在身邊，因為他們各自騎著一隻鹿，消失在某個黑暗處；突然發現母鹿停下腳步，機警的轉動大耳朵，並且感覺到她溫熱的血液在血管裡跳動；看著鹿群在昏暗天色中遇到其他隻鹿並互相問候，或者帶著警戒心遠遠注視對方；還是在驚心動魄的時刻，隨著鹿群在粗黑樹幹之間飛奔或快步躍過漆黑的道路，而你必須緊緊抓著鹿的身體，手臂痠痛，只希望自己不會被甩飛然後重重摔落在狂奔而過的鹿蹄下。這趟旅程既疲憊、驚恐又奇妙。

最難面對的一件事就是跟同伴們分開，然後只能堅信他們都很平安。為了減輕憂慮，小苔會構思一些或許適合用在他年度歌謠作品裡的韻詩，並且想像自己唸給梣樹道的好朋友聽——如果他們有一天會回去的話。他肯定還需要加入一些詩句來描述他們的探險歷程，這樣大家都會覺得他們在這趟旅程中表現得很勇敢！然後還有隱族的傳奇故事和歌曲，那些都是在不知多少個杜鵑夏天以前，由身為道地詩人和著名作家的祖先所創作出來的，其中多位祖先都是小苔耳熟能詳的人物。

當清晨的太陽從東邊升起，喜愛溫暖天氣的鳥兒紛紛飛來並且讓黎明大合唱變得更加熱鬧時，母黇鹿會在幼嫩的蕨叢或長草叢裡找個地方躺下，然後芙莉會去找老雲和阿榆乘坐的母鹿，讓三個小矮人可以在一起安靜的休息、用自己準備的麵粉製作馬栗油炸餡餅、小口吃著阿榆從樹幹上採來的支架真菌、喝一些露水。有時候老雲會獨自散步一會兒，阿榆和小苔都知道他想檢查自己身體消失的現象是否變得更嚴重。這時候，兩位小矮人會焦急的等待，直到老雲回來，然後他們會騰出一塊舒適的空間，以便在母鹿反芻時一起倚靠在那柔軟溫暖的側腹上休息。有時候，他們可以感覺小鹿在母鹿的肚子裡緩緩移動，等待帶著一身斑紋還有腿、耳朵和睫毛，誕生在這個世界。

他們時常看見兔子在黎明和黃昏時從洞穴裡跑出來，啃食仍然帶有露水且溼潤可口的青草。鹿和兔子間的友誼悠久，所以這群母鹿也很尊重兔子的表親——美麗、神祕、喜歡獨處、四肢強健有力、有著長長耳朵和金色眼睛的野兔。

鹿生性害羞，習慣在夜間移動，所以不常看到人類，人類也幾乎不會看到鹿——儘管有很多鹿在樹林裡生活，而且會去田邊吃草。當人類出現時，鹿會靜止不動，然後在人類發現他們之前靜靜的消失。

在這趟旅程中，只有一個人類注意到正在穿越春天鄉間野地的鹿群。某天傍晚，小苔從茉莉的背上抬頭遠望，看見一個短髮女人和一隻黑白色的狗靜靜站在樹林邊緣。短髮女人把看起來像是一對黑色小管子的東西從眼前拿下來，然後對著他們微笑——就像小秋那樣微笑。芙莉提高警覺注視了她好一陣子，直到鹿群都走進陰暗處、消失不見。

「小苔，我覺得你有煩惱。」隔天早上，大夥兒找到一個安全的地方休息之後，芙莉低聲說。

小苔點了點頭，老雲也坐起來聽。

「你在煩惱什麼？」芙莉溫柔的問著，「你現在可以說話了。」

「我在想我們昨天傍晚看到的那個人類。我想知道，人類真的都很壞嗎？連露出微笑、看起來很友善的人類也一樣嗎？」

「絕對不是。雖然人類時常有意無意的傷害野世界，但那只是因為他們沒有意識到我們是他們的兄弟姊妹。可以想像他們一定很孤單。」

「孤單？」小苔問，「人類的數量那麼多，也會孤單嗎？怎麼會呢？」

「芙莉說得沒錯。」老雲平靜的說，「對，他們會彼此陪伴，而且似乎很喜歡聚在一起——我想就跟椋鳥或蜜蜂一樣吧。但無論人類走到哪裡，一切都會從他們身邊逃離，不管是鹿、鳴唱的鳥兒、巢鼠、野兔，還是溪裡的魚，甚至是蒼蠅。當他們來到野外，那裡就會變得空蕩蕩的。他們永遠無法像我們一樣跟其他生物見面交談。他們沒有朋友，除了他們自己。」

「我們昨天看到的那個人類有個動物同伴，就是那隻身上綁著紅繩子的狗。」

「對，一隻寵物，一隻非野生動物。」芙莉說，「我想人類會創造寵物，一定是因為這能讓他們在野世界裡感覺沒那麼孤單，畢竟成為動物逃離的對象是一件難以承受的事。」

一個溫暖的午後，正當三位小矮人開始覺得似乎總是在路上奔波，而且背包裡的蜂蜜蛋糕幾乎快要吃完時，芙莉從吃草的地方走回來，然後把頭低下來，看著靜靜坐在藍鈴花叢裡的隱族小矮人。

儘管這天他們已經獨處了一會兒——鹿群正在遠處吃草——小苔和老

雲卻沒有開口交談，因為他們已經習慣打手勢和點頭。就連阿榆也沒有違背「保持沉默」的承諾，令每個人都感到驚訝。

「小夥伴們，」芙莉低聲說，「你們的身體都還很健康，精神還好吧？」

他們點了點頭，露出微笑。藍鈴花的香氣令人陶醉。

「我們在黃昏時出發。這段路會很危險，對我們大家來說都一樣。所以在出發之前，記得要跟潘神和好，彼此也要和平相處。」

那天傍晚，小苔、老雲和阿榆為最後一次艱險的騎鹿之旅做好準備。跟平常一樣，芙莉用輕柔的氣息喚醒他們，等他們揉著眼睛醒來，她就彎下前腿，再彎下後腿，讓灰白的腹部接觸到地面。接著，背著背包的小苔抓住芙莉肩膀上較長、較蓬鬆的皮毛，從側面爬上去，然後坐在她的頸背上，阿榆和老雲也各自爬上自己乘坐的母鹿。三隻鹿站了起來，鹿群則在暮色下安靜的圍繞著他們。三個小矮人遠遠望著彼此，就連阿榆也露出嚴肅的表情，沒有扮鬼臉或胡鬧。

鹿群開始移動。每隻母鹿都按照自己的步調踏進樹木之間有陰影的地方，走在各自的路徑上，但也不斷注意其他同伴的動靜。她們踩著乾枯的褐色松葉，默默穿越一片黑暗而且無止境的人工針葉林，然後再度現身，沿著田野的邊緣前進。有些農田裡種著還很幼嫩的大麥，在月光下看起來就像整片青草；有一、兩塊農田裡散落著殘餘的飼料用甜菜，這些是人類為了在冬季放牧羊隻及其他牲畜所種植的作物。

幾個小時後，一陣微風在黑夜裡飄動，不停旋繞在田野、樹林和農場四周，收集春天的花香並輕觸著露珠。微風吹得牧場裡的小馬搖起尾巴、踩起腳，它讓母羊和熟睡中的小羊抬起頭來，並追逐貓頭鷹和蝙蝠到棲息處，也使沉靜的鹿群在偏僻鄉間的一片草地中央停下腳步，然後抽動著鼻孔。母鹿從微風帶來的氣息裡嗅出三件事：黑暗地平線底下的某個遙遠地方有黎明升起；遠處有水在流動；離他們更近更近的，是芙莉所說的可怕威脅——那是一條寬大而繁忙、瀰漫著柏油、柴油和死亡味道的馬路。

當鹿群終於走到路堤斜坡的頂端時，天色開始亮起來。小苔沮喪的俯瞰那硬梆梆的路面，以及載著人類呼嘯而過的四輪戰車——它們有大有小，全都發出亮光，前頭有白色的光，後頭有紅色的光。整條漆黑的路面上還散布著動物同伴們的殘骸，全都被壓得扁扁的。小苔試著不去看，因為真的可怕到無法認出他們或者弄清楚他們是怎麼死去的。在幾公尺外的地方，阿榆也撇過頭，不忍心目睹慘狀；只有老雲直視著前方被人造燈光照亮的死亡之路，眼中的一道淚水隨著升起的晨曦閃閃發光。

這時，一隻帶頭的母鹿突然跳下路堤，在車陣中找到一個缺口，跳了三步穿越馬路，消失在另一邊的灌木叢中。接著，所有母鹿一湧而上，因為鹿群必須一起行動，當一隻鹿開始過馬路，其他隻鹿都會不顧一切的跟上去，各自希望死亡戰車之間的距離大得足以讓她們安全抵達另一邊。小苔感受到芙莉繃緊了肌肉，準備開始跳躍，這正好提醒他必須用手和大腿抓牢。然後芙莉跳下斜坡來到柏油路上，跟她前前後後的姊妹、長輩和女兒們一起跑啊跑，進入轟隆隆的車陣中。

一陣寧靜宜人的輕柔風聲撥動著青嫩的梣樹葉，使它們沙沙作響。鳥兒的歌聲隨著微風在空中飄盪，有的近，有的遠，迎接著燦爛的朝陽。

閉著眼睛、感到暈頭轉向的小苔在聽見這些聲音時，還以為自己在夢中，直到後來才慢慢意識到一切都是真的。他們終於辦到了嗎？這裡是愚蠢溪還是天堂？他們仍然在野世界嗎？還是已經蒙潘神寵召了？

小苔在一陣頭痛感中慢慢坐起來，然後環顧四周。老雲就坐在附近，身上裹著一片槭葉、臉色蒼白。母鹿們站在較遠的榛木叢邊緣，回頭望著遠方的高速公路，而且全都把耳朵向前轉，顯得很緊張。

「發生了什麼事？我們是怎麼到這裡的？」小苔問，但老雲沒有回答，「還有……嘿！老雲，阿榆呢？」

Chapter 8

失而復得

有個同伴不見了，

有個地方找到了。

沒什麼比幫忙尋找失蹤者的感覺更糟的，無論是尋找在沙灘上走失的兄弟姊妹，還是在遠足時失散的同學。你一方面確信他們隨時都會被找到，然後跟著大家一笑置之，但另一方面，你也確信自己再也見不到他們，這兩種情況似乎都是真的，而且感覺很糟，於是你東奔西跑，試圖趕走那種感覺，同時叫著他們的名字，一遍又一遍的查看同一個地方，以免在第一次查看時不知怎麼的錯過了他們，而就在你不停的尋找時，平凡的世界開始變得愈來愈不真實。

這就是在那淒涼的春日黎明時刻，發生在高速公路後面那片礫石荒野裡的事。正當小苔和老雲到處跑來跑去，呼喊著好友的名字，並拉著任何一隻願意傾聽的鳥兒來幫忙時，母鹿們一動也不動，痴痴等著最後一批同伴從傳來吵雜車聲的遠處出現。

最後，芙莉自願前往死亡之路查看狀況。「以免……以免……」她說著，然後就轉身離開了。

等待芙莉回來的那半個小時，是小苔和老雲生命中最漫長的半個小時。但當她回來時，她搖了搖頭。「沒有。」她低聲說，淚水浸溼了她那雙黑色大眼睛，「連個蹤影也沒有。」

「那樣很好，對不對？」小苔說，「我是說，至少我們知道他們沒……他們還沒……」

「只不過，有時候我們的同伴……會跌倒……我是說在死亡之路上。他們……他們會停下來，然後……然後把我們帶走。」她低聲說。

「什麼意思？」小苔喊著，「他們是誰？把妳們帶去哪裡？」

老雲慢慢的說：「人類，他們吃鹿，就像我們吃小魚和蚱蜢一樣。如果你不小心殺了一條小魚，你難道不會把他帶回家煮來吃嗎？」

小苔突然感覺頭暈想吐、眼前陣陣發黑。

這時候的大家都沒有發現，就在剛才，當芙莉跳越馬路時，小苔在她的背上被猛烈的甩來甩去，造成了輕微的腦震盪。

「老朋友，快坐下。」一個聲音說，「對，把頭放在膝蓋中間。」老雲的聲音聽起來很遙遠，「你只是被嚇到了，很快就會過去的。」

「但，老雲，」小苔勉強能輕聲說話，「如果最壞的情況真的發生了……人類會不會也把阿榆帶走？把他煮來吃？」

就在這時候，一個熟悉的聲音在他們身後喊著：「哈囉哈囉！」還有一隻手從小苔頭上搶走了橡實殼斗帽。

「為什麼你們全都愁眉苦臉的啊？」阿榆問。他一邊咧嘴笑，一邊把小苔的帽子拎到讓他構不著的高度，做出惹人厭的熟悉舉動。

一股溫暖的寬慰感立刻湧了上來。小苔不禁大笑，跳起來擁抱阿榆，並且大喊：「喔！喔！你還活著！阿榆還活著！我們沒事了！」

「呃，我們當然沒事啊，」阿榆回答，「你們在擔心什麼？」

「可是你去哪裡了？」

「喔，這個嘛，我們等了好久才有機會可以安全的過馬路，就這樣而已。那時候你們已經走了，我們本來打算一古腦跟上去，雖然知道自己不應該開口，但我還是說話了。我大喊：『停！等等！我們會被撞死的！』於是我們就停下來等，直到所有死亡戰車都開過去。你們應該會發現，這樣子會花很多時間。後來終於出現適合的空檔，我們就用走的穿越了馬路。」

當阿榆說話時，所有母鹿都聚集在四周，包括芙莉的妹妹，也就是阿榆乘坐的母鹿。然後，芙莉低下頭來對他們說話。

「所以你違背了承諾。」她說。

小苔的心像石頭一樣沉了下去，老雲也露出震驚的表情。

「是的，夫人，」阿榆堅定的回答，「但我不後悔。如果只是跟著鹿群走，不去看、不去思考，那就太愚蠢了。」

「對我們來說，數大就安全，永遠在一起就能得到保護。你們隱族小矮人顯然有更……與眾不同的生活方式。我承認這次它發揮了很大的作用，因為它救了我妹妹的命，但打破承諾是很嚴重的事，每個選擇都會有後果，我們無法再相信你的話了，我們必須分開。」

「不公平！」阿榆喊著。

「但，芙莉……阿榆只是想幫忙。」小苔難過的說。

老雲走上前去，「夫人，請相信我們，我們由衷的感到抱歉，我的朋友不會再說一句話，我發誓。」

但為時已晚。芙莉用黑色的大眼睛凝望了他們最後一眼，之後便轉身走向樹林，其他母鹿也跟著她一起轉身離開，消失得無影無蹤。

三個小矮人靜靜坐了好久，全都筋疲力盡，而且沒有人知道該對阿榆說些什麼。阿榆看起來很沮喪，臉上滿是淚水。

最後，老雲開口了：「你知道嗎，阿榆，我也會做同樣的事，我是說真的。」

「我也是。」小苔誠懇的說。

「但你們沒有那樣做，對吧？」阿榆憤怒的回答，「都是我，我總是把事情搞砸。」

「你沒有搞砸，你救了一隻鹿的命！」老雲說，「更不用說你自己的命了。」

「那她們為什麼不原諒我？」

「她們沒有說不原諒你，只是我們再也不能跟她們一起走。」

「那不是一樣嗎？」

「不，我覺得不一樣。」老雲回答，「她們沒有生氣，這不是懲罰。」

「現在我們得自己繼續前進，」阿榆難過的說，「但我連我們在哪裡都不知道！」

「幸好你很會找路。」小苔用手肘輕推阿榆一下，「振作起來，我知道你可以帶我們走到那裡的。」

「你當然可以。」老雲說，「不然我們一起四處看看，好嗎？看看現在是什麼情況。來吧，老朋友。」

「我還是覺得頭有點暈，」小苔說，「我先休息一下好嗎？你們兩個去吧，我會待在這裡——喏，就在這片紅石竹花下面。」

「好吧。」老雲說，「走吧，阿榆，我們去勘查一下。」

「嗨！天哪！哈囉！是嗎？不是吧，真的是嗎？」一個嘰嘰喳喳的聲音說。

小苔慢慢清醒，然後抬起頭來，看見一根懸垂著六串黃色柔荑花序的赤楊樹枝上，有隻蹦蹦跳跳的藍黃色小鳥。

「我的老潘神！喔，失禮了。」倒吊在樹枝上的小鳥說。

「很高興認識你。」小苔有點猶豫，「我們見過嗎？」

「我叫阿吉。」小鳥一邊說，一邊把身體盪回去站在樹枝上，然後用其中一隻明亮的眼睛看著小苔，「你呢，如果我沒弄錯的話，你是個地精！」

「這個嘛，你可能會這麼說，但我絕對不是。」小苔帶著很有尊嚴的表情回答，「我叫小苔，是個隱族小矮人，我的朋友……」

「小苔！啊，真想不到。」藍山雀打斷了小苔的話，「我還以為你是『雲莓』，以為他終於回來了呢！當然，我不是說你們看起來都一樣啦，只是……」

「沒關係。」小苔說，「但你剛才說，你以為我是誰？」

「雲莓！你知道的，雲莓。」阿吉又傻乎乎的倒吊在樹枝上盪來盪去，「就是跟著一群『天狗』出走的那個。不過，你放心，你不是雲莓。」

「是。我是說，對我不是雲莓，我知道。天狗是誰？」

「你知道的啊，就是一群巨大的動物，總是來了又走，而且叫聲很像車子的喇叭。」

「豬嗎？」

「再小一點。」

「小豬？」

「別傻了，是有翅膀的。」

「喔！你是說……雁？」

「就是他們！」

「所以你是說，我的表親……你是說雲莓跟著他們一起走了？」

「喔，對，而且我聽說他們在外地度假，過得很愉快。」

「然後呢？」

「然後回來了，然後又去了某個地方，然後其他人都去找那個地方了。」

「其他什麼人？」

「跟你一樣的人！」

「你是說菟絲、阿芹和老蓍嗎？」

「這些都是我那個搬過兩次家、名叫『藍扣子』的老祖宗講的。然後他們找到了雲莓，然後用一片橡樹葉殺死了一個巨人。喔，快跟上。」阿吉說。

小苔聽得很慌亂，「他們用什麼殺死了什麼？你說的都是真的嗎？」

「我不知道。我不覺得有什麼好懷疑的。」

「聽著，阿吉，先別管那些，如果你聽說過我的表親，那是不是代表愚蠢溪就在這附近？」

「什麼愚蠢溪？」

「一條小溪。它一邊有草地，另一邊有棵老橡樹，菟絲、阿芹、老蓍和雲莓就住在那裡！你想起來了嗎？有任何印象嗎？」

「嗯……我是知道這附近有一條小溪，但我們藍山雀不大會注意有水的地方，不像翠鳥。喔，你一定沒看過像他們那樣的鳥，有點太……藍了，我不喜歡，你懂我的意思嗎？有點浮誇。」

「阿吉，」小苔一個字一個字慢慢講，「我的親戚是不是就住在這附近？」

「喔，對，當然，為什麼要搬呢？如果你問我，我會說橡樹潭是個很可愛的地方。」

「所以……你認識他們嗎？」

「我？認識？喔，對，嗯……當然不是私下認識，畢竟他們已經離開了這麼久，久到等於是我們的好幾代了，我想。」

「但……你說他們已經回來了！」

「聽說是這樣啊！」阿吉輕鬆愉快的說，「但後來他們又離開了，你懂吧？」

這時，阿吉突然跳到一枝更高的樹枝上，他豎起頭頂的羽毛看起來就像龐克頭，接著開始驚慌的咕嚕咕嚕叫。鳥兒是很好的守望者，大多數的小動物（和一些大型動物）都會留意鳥兒的動靜，也聽得懂各種鳥在發現異常狀況時發出的叫聲。於是小苔立刻躲進青翠的灌木叢裡，心臟怦怦的跳，他在猜藍山雀到底看到了什麼，是一隻遠離家園在找獵物當點心的貓嗎？要從纏繞在一起的樹葉和草葉裡往外瞧實在太危險了，最好還是等藍山雀「解除警報」再行動。

但外頭一點聲響也沒有，然後……

「小苔？嘿，小苔！你在哪裡？」

那是阿榆和老雲的聲音。小苔從蕁麻叢底下爬出來，全身滿是泥土、小蜘蛛和葉子，幸好隱族小矮人的身上有很多毛，可以幫他們擋掉大部分的叮咬和螫刺。

「我在這裡！」小苔說，「哈囉！」

「喔！你嚇了我一大跳。你為什麼要躲起來？」阿榆問。

「藍山雀阿吉突然發出危險訊號，所以我以為有一隻貓要來咬我的屁股，或者……或者有一隻鷺把我當成蠑螈了。」

「別擔心什麼屁股或蠑螈了，」阿榆開心又雀躍的說，「老雲和我聽到一些消息。」

「喔！我也是！」小苔說。

「是跟我們表親有關的消息！」阿榆繼續說。

「我的也是！」

「我們發現一條小溪的彎道旁邊有一棵長滿瘤節的老橡樹，樹幹上有一扇門，那一定就是愚蠢溪！我先看到的，對不對，老雲？」

「對，阿榆，而且……」

然後小苔和阿榆同時開口。

小苔說：「他們不住在那裡了！」

阿榆說：「他們就住在那裡！」

Part 2

橡樹

Chapter 9

拜訪老朋友

愚蠢溪的一切，

都在改變。

燦爛的春日陽光照耀著愚蠢溪，溪水流過水毛茛和野鳶尾，發出舒緩美妙的聲音。一隻綠頭鴨在水面游著，美麗的頭頂有陽光輕輕拂過。接著，一隻天鵝帶著幾隻全身長滿蓬鬆灰羽的小天鵝出現，她的蹼在水下快速划動，身體的其餘部分在水上漂著，寧靜而安詳。岸邊的峨參和沼澤勿忘草正在綻放花朵，柳枝則懸垂在水面上，為一對偶爾在這些寧靜水域捕魚的藍翠鳥提供最佳的棲息之所。

燕子帶著分叉的長尾巴低空飛過溪面，發出急促的叫聲。這些來自非洲的夏候鳥正在捕食聚集在水面上的昆蟲，他們也喜歡在靠近綿羊或馬這些動物的地方抓昆蟲吃。

愚蠢溪有一個九十度彎道，彎道的一邊是「樂金草地」，過去曾經有牛隻耕作，後來又成為放牧乳牛的地方，但是現在種滿了一整片正準備將田野換上鮮黃色彩的油菜。彎道的另一邊是個小小的礫石灘，上面有許多從一棵中空光禿的橡樹底部延伸出來的樹根。經過溪水長年累月的沖刷，這些樹根早已裸露在外，所以底下有許多黑暗的空洞。

出身自古老時代的隱族小矮人非常喜歡長滿瘤節的老樹，這棵樹也不例外，況且從很久很久以前，小苔、老雲和阿榆的鄉下表親就以此地為家。雖然這裡曾經長年缺乏良好照顧，但現在已經重新變成一個可愛的地方，因為人類發現它很特別，所以訂定了一項法律來保護愚蠢溪周圍的區域，以便野生動物可以過著安全的生活，不會受到太多干擾。

「我告訴你們，是他們沒錯！」

「但不可能啊！」

「那還會是誰？水鼬嗎？」

三個隱族小矮人正蹲在一叢開始綻放粉紅春花的錦葵後面。小苔和阿榆小聲爭吵著，不過他們的聲音其實傳得很遠。他們已經盡可能大膽的接近那棵橡樹，想知道那些表親是否真的在家。

「看吧，空心樹幹的頂端沒有煙冒出來——他們不需要生火嗎？」小苔問，「我告訴你們，他們不住在這裡了。」

小苔不知道該不該相信阿吉所說，有關雲莓的事，但是既然阿榆似乎認為阿吉在胡說八道，小苔就更想要替那隻小鳥辯護。於是，他跟阿榆開始玩起「誰對誰錯」的愚蠢遊戲，而不是在尋找他們的表親。

「天氣很暖和，所以不需要生火。」阿榆低聲反駁，「總之我們跟你說過了，那裡本來有條褲子。」

「但現在沒有褲子啊，你確定那不是你想像出來的嗎？」小苔氣沖沖的說，「我連你說的那條晒衣繩都沒看見，更別提什麼褲子了。事實上，我會說這是一個『無褲區』。」

「喔，你們兩個，噓！」老雲低聲制止他們，然後用比較明理的口氣繼續說，「小苔，我確定有條褲子在那裡，所以絕對不可能是水鼬。據我的了解，水鼬不喜歡穿褲子或裙子，既然如此，就表示有小矮人住在裡面，而且會穿褲子——我們這個尺寸的褲子——只不過現在那條褲子已經

收進屋子裡了，所以那個人很可能就是我們的表親，對吧？既然我們都在這裡，我建議我們乾脆去……去敲門看看。」

「如果真的是水鼬呢？」小苔回答，「阿吉似乎非常非常確定菟絲和雲莓已經離開了——永遠離開了。」

「絕對絕對不會是水鼬，」老雲說，「如果真的是水鼬，我們就說敲錯門了，然後道個歉、快速後退離開。但我認為我們的表親就住在那裡，我真的這麼想！」

老雲抬起一隻看不見的手準備敲門，但阿榆指了指門邊一個用紅絲帶吊著的小金屬球。真是奇怪，那是個通常會出現在貓項圈上的鈴鐺。在阿榆點了頭之後，老雲拉了一下紅絲帶，讓鈴鐺發出聲響。

大夥兒等了很久。小苔覺得很緊張，而且在猜想其他人是不是也一樣緊張。

終於，門裡傳出猶豫不決的腳步聲，還有拖行的聲音，然後最終停了下來。

「呃，嗯哼？」

三個隱族小矮人互望著，因為會發出這種鼻音的絕不是「臭貓」（他們用這個名字來稱呼包括水鼬、黃鼠狼和白鼬在內的動物家族）。

「喂喂，」那個聲音又說，「是誰？我……我是說我們……呃……我們有很多人喔，你知道，而且我們都拿著尖尖的棍子喔！」

「午安。」老雲走上前去，對著仍然緊閉的大門說。

「我們有棍子！大枝的喔！」門裡傳出低沉的回應聲。

「我叫老雲，這是……」老雲揮著毫無意義的手勢，「這是我的朋友阿榆和小苔，我們正在找菟絲、阿芹、雲莓和老蓍。我在想，你該不會剛好聽說過住在這附近的隱族小矮人吧？」

這時，大門突然打開了，一個陌生的小個子站在他們面前。他握著一根軟趴趴的草莖，好奇的看著他們，身上穿著一件看起來很像用青蛙皮做的連身衣，乾癟的青蛙頭還連在背後，就像個帽兜一樣。

「隱族？隱族？！你說的該不會是，你們是……但我是……我還以為我是……喔！這簡直……天哪！進來，進來，快進來！」

三個小矮人面面相覷，但那個小個子直接轉身，匆匆忙忙走進屋子裡，他們沒有別的辦法，只好跟著進去——先是阿榆，再來是老雲，最後是小苔。

橡樹裡的主洞穴跟他們在梣樹道的老家截然不同，地面沒有鋪上燈芯草墊，而且雜亂許多，有成堆的橡皮筋、羽毛、舊電池、瓶蓋、好幾個沾滿灰塵的神祕機械裝置，最遠、最黑暗的角落還有一個長長的蜘蛛網，看起來就像隧道，「喔，那是海蒂住的地方，」小個子指著它說，「她會幫忙抓蚊子和小昆蟲，非常能幹。好了，請坐，請坐！請把所有事都告訴我！」

老雲開口說：「謝謝。不好意思，呃，可是我們還不知道你是誰或是什麼生物。」

「喔！真對不起。我叫『酸不溜』，雖然長相不同，但我是你們的……我是說，你們是我的……我想說，我們都是同一族的！」

Chapter 10

遇見新朋友

原來隱族小矮人還有其他同伴，

不過阿榆也出狀況了！

這真是個美好的午後。小苔、老雲和阿榆跟酸不溜一起盤腿坐在泥土地上，開始聊了起來。大門撐得開開的，好讓春日陽光可以照進屋裡。愚蠢溪流過彎道，穿越橡樹潭和裸露著樹根的小小礫石灘，發出悅耳的潺潺水聲。聊了一會兒之後，酸不溜起身，拿來專門為了特別時刻而保留的接骨木花水和美味的山毛櫸烙餅，對著他們說：「這真是個特別的時刻，不是嗎？非常特別的時刻。」大家都含著滿嘴的食物點了點頭。

總是在思索如何把日常生活寫成故事的小苔，向酸不溜解釋了他們遇到的所有事情——從老家被摧毀的那天早上，講到他們遇見貓頭鷹班太太和水游蛇小斯，還有老雲手臂離奇消失的現象，以及用野世界暗語跟

小苔交談的人類女孩——小秋。

「喔，天哪，」酸不溜打斷小苔的話，「那真是出乎意料。人類會說暗語，就好像他們是『正常的生物』一樣！真不可思議！」

接著，小苔講起了騎鹿之旅和可怕的死亡之路，還有他們差點失去阿榆的經過，同時暗中穿插一些韻詩和豐富的修辭。說故事或讀誦歌謠總是讓小苔感到愉快，他喜歡看到別人認真聆聽、露出欣賞的表情，這會帶給他一股溫暖的感覺，知道自己正在做一件拿手的事。

「所以你們終於到了這裡！」酸不溜聽完故事之後微笑著說，「我必須說，我真的太高興了。這聽起來也許很傻，但我原本以為自己將會是最後一個隱族小矮人了——嗯，至少是這塊土地上的最後一個。」

「我們就是這麼想的！」阿榆插話說，「而且小苔做了個噩夢，夢見我們的族人都消失了——我們會出來探險就是因為這樣，加上我們失去了房子，還有老雲的手臂變成透明的了。」

「對！關於這個……」酸不溜看起來有些為難，「你可能要……呃，問題是，我不想說錯話，畢竟我們才剛認識，我實在不想冒犯到你，但……」

「什麼事？」老雲露出擔憂的表情，「我又有什麼部位消失了嗎？」

「不，不是你，是……呃，是阿榆。不好意思，我的朋友，但你可能要注意一下……呃，你的腳。」

大家都轉過頭來看著阿榆，立刻明白了酸不溜的意思。一隻長了老繭的腳已經變得有點透明；雖然它還在，或多或少還在，但已經可以穿透、看見後面的物品。

阿榆嚇得跳了起來，「但是鹿說——她們說這不是什麼病啊！這是怎麼回事？喔，發生了什麼事？喔，不，不，回來啊，我的腳，回來啊——這一點也不好玩！」

「呃，它發生在我身上的時候也不好玩啊！」老雲大喊。

「不好玩，之前不好玩，現在也不好玩。」小苔只希望他們不要又吵起來，「喔，可憐的阿榆，你要抱抱嗎？」

「看來鹿是對的，」老雲說，「有一件非常奇怪的事情正在發生，也許我們最後都會遇到，所以我們希望族裡年紀最大的菟絲知道該怎麼做。酸

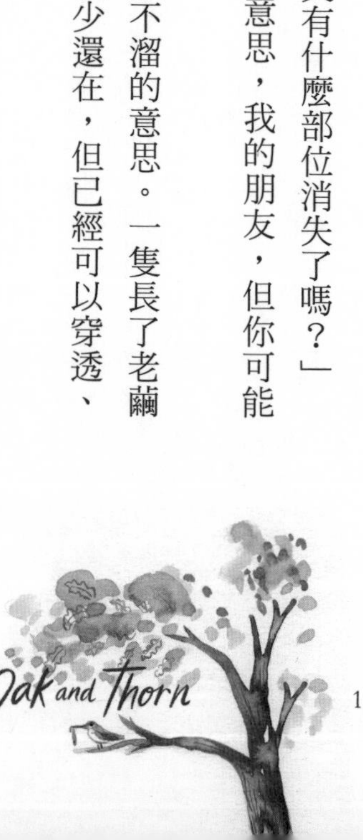

不溜，你知不知道他們四個後來怎麼樣了？」

「我恐怕不知道。我是在他們離開以後來到這裡的——我失去了守護好幾百個杜鵑夏天的小溪以後就流浪了很久，最後才發現這棵空蕩蕩的可愛老橡樹，把它打造成自己的家。我知道的事都是『溪流族民』告訴我的，就是住在『隆隆磨坊』的『捕魚大王』水田鼠和水獺艾迪。至於我們的族人去了哪裡，我恐怕不知道。我跟你們一樣，一直擔心萬一我是野世界最後一個隱族小矮人該怎麼辦，我也不想變成那樣。」

老雲露出凝重的表情，「我們也是這麼說的。以前我們有好多好多族人，你記得嗎？每條小溪、水溝和樹林都有我們的族人守護著，每條小路、池塘或田野角落，對某個小矮人都有著特殊意義。很久很久以前，我們無所不在，但現在你卻是我們離家以後遇到的第一個族人。這讓我不禁在想，如果其他族人都消失了，就像我正經歷的情況，那該怎麼辦？」

「也許大家都去度假了？」酸不溜滿懷著希望說，「我猜一定是這樣！不管怎樣，我們現在有四個人，真是太棒了，這就證明我們都錯了，所以情況應該還好。你們會搬進來嗎？喔，拜託告訴我你們會搬進來，我一直很孤單，雖然海蒂盡力了，但你們也知道，蜘蛛不怎麼健談。」

「喔，呃……」老雲一邊說，一邊看著四周堆積如山的繩子、塑膠袋碎片和各種奇奇怪怪的物品，還有這整個雜亂不堪的景象，「呃，你知道，問題是……」

「老雲的意思是，」小苔尷尬的說，「呃，我們當然願意，謝謝你好心的建議，只是，呃……」

「你家塞滿了一堆破爛垃圾！」阿榆忍不住說，「我們不可能住在這裡！」

所有人陷入一陣沉默。老雲試圖轉換氣氛，小苔覺得渾身不自在，但酸不溜沒有感覺受到侮辱，反而笑了笑，把身子向前傾，又倒了一些接骨木花水在阿榆的榛果碗裡。

「你說得沒錯，這些年來我堆積了很多奇怪的東西，但它們不是垃圾，它們都很有用，我很清楚這裡有什麼，也清楚每樣東西擺在哪裡。你們必須知道，我是個發明家，我會做各式各樣的東西！」

天色漸漸變暗，大家都開始覺得有點冷，於是他們關上大門、燒起

柴火，然後在溫暖的火光中快速參觀了工作室，那是最裡面的一個獨立房間。酸不溜在工作室裡發明了各式各樣的奇妙裝置，有的甚至真的可以用。他還想出了一些從來不曾出現過的東西，像是：利用鏡子碎片來環視四周角落的笨重設備（酸不溜說它「非常適合用來監視敵人」）；用來測試大黃是否成熟的爪形器具，這樣你就不會酸到把臉皺成一團；有傳動軸的甲蟲滾輪（有點像迷你的倉鼠滾輪），它可以帶動其他裝置，像是蝸殼封口機或榛果壓殼器，只要說服甲蟲在上面跑步跑得夠久（那是不可能的事）。工作室裡甚至有個正在製作的小圓舟，上面裝了一組小水車，看起來相當精緻。

雖然酸不溜有許多發明還沒完成，而且有些顯然不切實際，根本無法發揮作用，但小苔、阿榆和老雲都很佩服這個新朋友有個聰明腦袋瓜。

當天晚上，四個小矮人吃飽之後，就各自鑽進睡袋裡、躺在火堆旁。雖然火快要熄滅了，但餘燼還在發光，持續溫暖著這個小洞穴。在昏暗的光線下，酸不溜堆在一旁的那些「有用的東西」，在他們身後若隱若現，蛛絲隧道的入口也依稀可見海蒂的八隻眼睛和八條腿。

「那個，」阿榆說，「現在該怎麼辦？我們本來要找住在鄉下的表親幫忙，但看樣子他們已經搬走了。」

酸不溜很喜歡有人陪伴，所以不想讓他們離開。如果他們再多待幾天，也許會發現愚蠢溪是個很神奇的地方，然後想要永遠留下來。

「我建議你們先住我這裡，等我們跟溪流族民談過以後再說。說不定他們有你們表親轉遞信件用的地址，或是聽說過上下游有其他隱族小矮人。」

「我覺得這個主意很棒。」小苔說。他想要放下行囊，好好整理一下，如果可以，也許真的永遠住在這裡。出來探險或許刺激，但如果你是個戀家的人，不用多久就會再度渴望安全感，渴望窩在家裡。

「你人真好，不過我們還有任務要完成。」阿榆說。

老雲立刻插嘴，「酸不溜，謝謝你，我們很願意多待幾天，至少讓我的老骨頭可以休息休息。但阿榆說得對，在我們找出隱族小矮人消失的原因之前，我們不可能永遠住在任何一個地方。」

Chapter 11

橡樹洞的時光

水獺艾迪為隱族小矮人的旅程

帶來了重大消息。

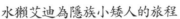

原本小苔、老雲和阿榆只打算跟酸不溜在愚蠢溪畔待上幾天，但最後他們停留的時間長得足以看完所有的月相變化。第一天晚上有新月形成，接著細如彎鉤的眉月在過了幾晚之後變成上弦月。蒼白的盈凸月在某天傍晚出現，然後變成銀盤狀的滿月，整晚在天上發亮。最後，虧凸月縮成下弦月，再縮成彎鉤狀的殘月，為整個週期劃下句點。

天氣很暖和，只會偶爾下點小雨來滋養在這個嶄新季節成長的生物。春天加緊腳步，催出更多的新綠嫩葉和鮮豔花朵，也引來更多的蜜蜂、蝴蝶和鳥類。漂盪在愚蠢溪上的綠色水毛茛冒出一朵朵白色小花，就像滿天的星斗。雛菊和蒲公英在茂密的草叢中盛開，牽牛花像小藤蔓一樣纏繞在較高的雜草莖上，綻放出粉紅色與白色相間的喇叭狀花瓣，油菜為樂金草地換上了鮮黃的外衣。每天有愈來愈多蝴蝶在野花之間翻滾飛舞，也有愈來愈多的夏候鳥——嘰喳柳鶯、灰白喉林鶯、黑頂林鶯和柳鶯——從外地來到這裡交配、生蛋、養育下一代。現在隨時會有杜鵑飛回這裡，在樹林和山谷中發出兩音節的咕咕聲，告訴野生動物一年又過去了。緊接著，雨燕會像快樂的噴射戰鬥機一般呼嘯而過，從高空捕食昆蟲。

太陽每天都比前一天早一點升起、晚一點落下。這幾個隱族小矮人每天早上醒來時，都會檢查自己的四肢，看看有沒有哪裡又消失了，但以目前來看，情況似乎沒有繼續擴大或變得更糟。小苔暗自在想，這個神祕現象會不會按照年齡的順序發生，如果真的是這樣，那下一個受影響的可能就是酸不溜，不過這是很嚴肅的事，不能隨便亂猜。

酸不溜兌現了承諾，把三位新同伴介紹給溪流族民。他們認識了一隻叫做「咯咯」的紅冠水雞，她有一雙黃色大腳丫，總是邁著大步走來走去；一群幼小的褐鱒，他們全都長得一模一樣，大家根本分不出誰是誰，所以乾脆都叫他們「小戴」；一隻焦慮的水田鼠，她膽小得不敢報上自己

的名字；還有一隻叫「阿瘦」的蒼鷺，他是個高個子，總是駝著背、用高蹺般的長腿在蘆葦叢中大步行走。他們還看到一些兔子，而且聽說附近的樹林裡住著一隻獾。老雲四處打聽有沒有刺蝟住在這附近，但大家已經很久沒看到他們的蹤影。每隔一段時間——不是很頻繁——水獺一家會在外出尋找獵物時游過愚蠢溪，吱吱叫的水獺寶寶們會像鼠海豚一樣浮出水面又潛入水中。有時候，他們在回到隆隆磨坊的巢穴之前會順道在橡樹潭玩一會兒。大家都喜歡水獺，而且喜歡得很有道理，因為他們是忠誠和善的動物，又有非常幽默，這正是所有人希望在朋友身上看到的一大特質。

雖然溪流族民很高興認識他們——在橡樹潭看到隱族小矮人出現，已經成為一種會帶來好運的傳統——但沒有人能告訴他們菟絲和雲莓的下落，也沒有人知道是否有其他隱族成員住在附近。

某天早上，大家去幫咯咯搭建她的第一個巢，只有小苔要求留下來，想要一個人靜一靜，但其實他暗自打算趁沒有人在的時候整理一下屋子。如果你是個注重整潔的人，可能就很難在凌亂的環境中生活——儘管邋遢的人最討厭有人「幫」他們把東西都收拾乾淨。話說回來，把屋子好好打掃一下對大家來說都不是壞處，再說海蒂的蜘蛛網有些地方已經又舊又鬆垮，可以放心的處理了。

小苔小心翼翼撕下斑尾林鴿尾羽兩邊的柔軟橫紋羽片，去掉灰色和白色部分，只留下頂端的黑色部分，然後把羽軸修剪成合適的長度（斑尾林鴿的尾羽長度通常超過隱族小矮人的身高），做成一把好用的掃地除塵撣。沒多久，這個小小住所看起來就漂亮乾淨多了。

小苔在撣塵掃地的時候，想出了一些韻詩和有趣的詞句，並且試著思索要如何描述他們遇到的各種新事物，包括「捕魚大王」把刺背魚拋翻之後，從頭部整個吞下去的驚人絕技，還有四月春陽把愚蠢溪照得閃閃發亮的景象。這是一種習慣，一種把日常生活轉化為文字和故事的方式——雖然他很少把這些文字和故事大聲朗誦出來，因為小苔怕別人會取笑他，會說他的韻詩很做作、很蠢。但願有人能向小苔解釋一下，因為所有隱族知

名作家和民謠歌手，一開始都是這樣做的。

小苔把一堆灰塵、蜘蛛網和蟲糞往溪流的方向掃出去，讓溪水帶走（全天然的東西不算是垃圾，例如枯葉碎片，因為它們原本就是大自然的一部分）。就在這時，水獺艾迪竟然出現了。他仰躺在水面上，爪子交叉放在胸前，隨著溪水漂過來，看起來很悠閒瀟灑，而且他帶來了一個即將為隱族小矮人的溪畔旅居日子劃下句點的消息。

「哈囉，小苔！」艾迪高喊一聲，然後翻了個身，像鰻魚一樣靈活敏捷的游上小礫石灘，小戴們也立刻朝四面八方散開，躲到水毛茛下方。艾迪快速抖動了一下，身體就幾乎全乾了，因為他的皮毛是專門設計用來防水的，「你在做春季大掃除嗎？」

「對啊，」小苔說，「其他人都去幫咯咯築巢了，呃，除了酸不溜以外，我們猜他大概又去發明什麼新東西了。」

「我剛剛還在想，真希望能遇到你們。」艾迪繼續說，同時把鬍鬚上的一片銀色鰷魚鱗片清乾淨（他剛結束海釣回來），「我有一些消息，你可能會感興趣。但我要先提醒你，這可能只是平常的水路八卦，你也知道小道消息在上下游傳開的速度有多快。」

「喔，對啊。」小苔說，但其實他一點概念也沒有。

「事情是這樣的。有一隻叫做『艾絲』的紅嘴鷗從某隻八哥的口中聽到消息，然後告訴一窩兔子，其中一隻兔子告訴了野兔『小哈』，小哈又告訴一隻叫做『12號』的小羊，那隻小羊顯然是看著自己在愚蠢溪的倒影時喃喃說出了這件事，剛好被上游一隻叫『阿瘦』的蒼鷺聽見，然後阿瘦就告訴我了！你聽懂了吧？」

「有！我是說……沒有！」小苔回答，「我想我還沒聽懂你的意思。我是說，我知道過程了，但……他們到底說了什麼？」

「喔，那個啊！」接著艾迪從鼻子噴出了笑聲，聽起來就像是又高又細的口哨，「嗯，謠傳說，還有其他隱族小矮人住在野世界裡，雖然我不確定到底有多少。那些隱族小矮人住在兩百個田野以外的地方，一個很大很大而且吵得不得了的地方，跟愚蠢溪完全不一樣。或許你曾經在你們的故事和傳說裡聽過那個地方，它叫做『人類巢窩』。」

當小苔將艾迪的話轉告給大家時，他們完全不相信——這並不奇怪，因為在整個野世界中，人類巢窩似乎是能找到隱族小矮人的最後一個地方，而且大家都知道八哥說出來的故事很誇張（但通常非常有趣）。最後，他們傳話給艾迪，請他再過來一趟，把整件事情完完整整再講一遍，艾迪也爽快答應了。

隔天傍晚，艾迪來了。鳥兒們正在進行黃昏合唱，雖然歌聲不像黎明大合唱那樣興奮激昂，但還是很好聽。四個隱族小矮人坐在小礫石灘上，用野蘿蔔葉包住小魚，放在燒熱的石頭上烘烤。

當艾迪游上岸時，他們看見蒼鷺阿瘦跟在艾迪後面，駝著背又邋裡邋遢的，看起來很像一把破雨傘。

「阿瘦你好。」大家齊聲問候。小苔接著說：「可以請你吃魚嗎？我們有多烤一些喔。」

「不了，謝謝你。」阿瘦一臉嚴肅的說，「我總認為烹調會破壞魚的美味，而且我比較愛吃新鮮的，你知道吧，就是活的魚。」

「那我就不客氣了。」艾迪說。他把一條小魚從石頭上撥下來，然後快速在兩隻爪子之間拋來拋去，「哎喲！燙！」

他們大快朵頤起來，阿瘦則在淺灘上發現一隻運氣不佳的小戴，然後一口吞下。天色漸漸變暗，鳥兒也安靜了，因為他們已經找到過夜的地方，一個接一個去睡覺，只有一隻單身夜鶯不停唱著歌——他想要用自己的歌聲吸引伴侶，而且幾乎一整晚都唱著那首優美的歌曲，直到黎明來臨。

艾迪把他跟小苔說的事一五一十的告訴大家，阿瘦上下擺動長喙表示認同，「目前發生的事就跟我的水獺朋友說的一樣。」他一臉嚴肅的說。

「對，所以現在的計畫，是出發到這個叫做『人類巢窩』的地方，尋找其他族人，看看他們的身體是不是也正在消失，也問問他們知不知道原因。」阿榆說，「阿瘦，你說距離有多遠？我相信只要能想辦法解決交通問題，我就能找到路，我唯一需要知道的是一個大概的方向。」

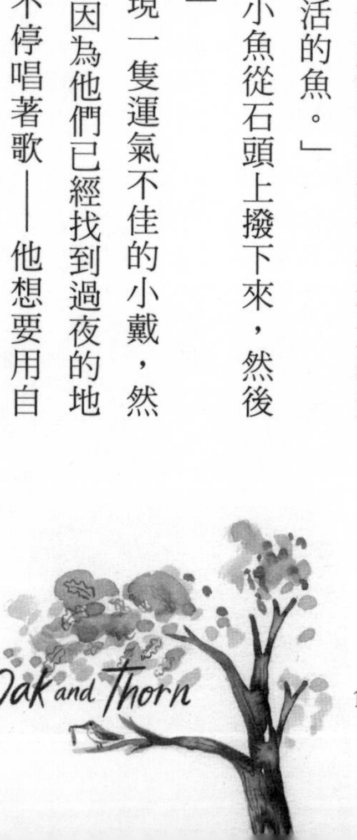

「找鹿幫忙怎麼樣？」小苔問，「也許我們可以用某種方法傳個訊息給她們，請求她們的原諒。你們都知道，我真的很想念她們。」

「她們一定走遠了。」老雲說。

「無論你們要怎麼過去，我也會一起去的，你們明白吧？」酸不溜插話，「說不定你們會發現我滿有用的。」

當大家坐在小火堆旁聊天時，溫暖的火光閃現在他們古老的臉孔上，而其中一張臉孔——最年長的一張臉孔——露出了擔憂的表情。

「讓我們停下來想一想。」老雲說，「那個地方叫做『人類巢窩』是有原因的，那裡的人類比螞蟻窩裡的螞蟻還多。我不確定現在那個地方對我們隱族來說安不安全。」

「但如果我們的族人也住在那裡，就一定沒問題。」酸不溜說。

「再說，人類到底有多危險？」阿榆問。按照阿榆的個性，他可能會不顧一切去探險。

「你對這件事有什麼意見，小苔？」艾迪問，「你看起來比較宅——請原諒我，這沒有什麼錯——對於出發到人類巢窩的討論，你有什麼想法？」

「這……這真的很難，」小苔猶豫的說，「我很喜歡愚蠢溪，也喜歡橡樹，尤其當裡面整整齊齊的時候，但我們必須找出身體消失的原因，也必須找到其他族人。老實說，我覺得很害怕，而且有點想要永遠留在這裡，但我知道我們必須繼續前進。」

Chapter 12

不可思議的發明

為了幫大家順利上路，

一部令人興奮的機器誕生了。

「聽著，」酸不溜帶著大家沿著一條狹窄祕徑進入雜亂的綠色矮樹叢中，「我不想讓你們失望，一方面是因為它還沒完成。」

「這個神祕的發明到底是什麼？」急忙跟在後面的阿榆不耐煩的問，「別以為我們沒注意到你總是偷偷溜走！」

「我猜一定跟烹調食物有關係。」小苔說。雖然大家才剛吃過早餐，但他已經餓了，「也許是個很特別的錫盒，可以放在火上用來烤麵包，這樣我們的橡實麵包片就不會燒焦了！」

一隻好奇的白鶺鴒也加入他們的行列，當她走路時，長長的尾巴會像槓桿一樣上下擺動，她的英文俗名（wagtail，意思是「搖尾巴」）真的很適合她。

「不，絕不是用來烤麵包的。」酸不溜說，「我們快到了，來吧。」

「我希望它可以減輕我的膝蓋痛。」老雲喃喃自語。他走路有點跛跛的，因為他在溪邊幫咯咯尋找築巢材料時滑了一跤。有時候，只靠一隻眼睛看東西會很難判斷距離和坡度，而且當你無法看見自己的手，在需要抓緊東西的時候可能就會重心不穩。

「不，它不是什麼可以減輕……喔，其實好像也可以！」酸不溜說著，突然停下了腳步，以至於後面三個人接連撞上前一人的背，膽小的白鶺鴒也嚇得飛走了。

他們來到高大茂密草叢中的一塊小空地，看見一個體積龐大的東西，它外面還蓋了一層橘色的防水帆布。這個防水帆布是用一個超市塑膠袋做的，邊緣用乾草整齊縫製而成。

「好，話不多說。」酸不溜緊張的說，表現出有點炫耀的姿態，他抓住防水帆布的一角，然後快速扯下，「讓我向你們介紹……霹靂號！」

就在他們面前，出現了一個酸不溜的驚人新發明——深紅色的四輪溜冰鞋。它有鮮黃色的鞋帶、四個黃色輪子，兩邊各有一道黃色條紋。

大家沉默了好一會兒。酸不溜焦急的把視線從溜冰鞋移到其他三個小矮人身上，然後再移回來。問題是，大家完全看不出來那是什麼東西。

「它好……紅。」小苔終於開了口。

「喔，對，它真的非常……」老雲說到一半，又把話吞了進去。

「我的潘神啊，這到底是什麼東西？」阿榆忍不住脫口而出。

「這是霹靂號！」酸不溜說，「我已經告訴你們了！它以前是個……呃，老實說，我也不太確定，因為它是人類製造出來的，但有個人類把它弄丟或扔掉了，結果被我找到。但重點不在於它以前是什麼，而在於它現在是什麼。」

「所以……它現在是什麼？」老雲問。

「朋友們，這是我們可靠的戰車，這就是載我們去人類巢窩的交通工具！」

老雲、小苔和阿榆滿臉疑惑的互相對視。接著，酸不溜爬進溜冰鞋裡，只聽見他在裡面東弄弄西弄弄的，還喃喃自語著說：「我只需要……如果我能……讓我鉤住這個東西……然後只要……欸欸欸欸欸！」

突然間，那隻溜冰鞋帶著酸不溜，飛快的衝進矮樹叢裡消失了。

三個小矮人花了好幾分鐘才找到霹靂號。

酸不溜小心翼翼爬出溜冰鞋頂端的開口，沿著鞋帶垂降到地上。

「你是怎麼讓它動起來的？」小苔問，「剛才你用很快的速度衝了出去，照那樣看起來，我們大概不久就能到人類巢窩了！」

「對啊，快告訴我們！」阿榆說，「裡面有鞭炮嗎？喔，希望如此。我最喜歡有人在秋天放鞭炮了，那真是人類最棒的發明，你不覺得嗎？」

「沒有，裡面沒有鞭炮，那會很危險，而且會嚇到鳥兒。」酸不溜說。

「那到底有什麼呢？你是不是在裡面放了一群老鼠，叫他們轉動輪子？」

「沒有，沒有老鼠。你們乾脆爬進去自己看一看吧！」

於是，小苔和阿榆沿著鞋帶爬上去，然後消失在開口處。酸不溜則是

留在矮樹叢裡陪老雲，並且解釋它的運作方式。

「你知道，只要有基本概念，製作起來就很容易了。我收集了一大堆那種棕色的、有彈力的圓圈，你在我的工作室裡看過吧？我一直在利用它們讓裝置動起來，就像投石器一樣。你知道，當你把它們拉長，它們就會變得很有……彈力，因為它們真的很想很想恢復原形。於是我想到，我可以利用它們轉動輪子。總而言之，我做了一些實驗，然後想出了一套系統。裡面有四條圓圈，並且交錯編織在一起，提供更多的彈力。這些圓圈連接到前軸，所以當你用棍子轉緊，再把它們鬆開，輪子就會動了。」

「你是在哪裡找到那個……有輪子的玩意兒的？」老雲問。

「喔，你說戰車嗎？我是在很多個杜鵑夏天以前找到它的。後來我一直在等機會，準備用它來做點什麼！」

「嗯，酸不溜，我必須說你非常聰明。我不知道你是怎麼辦到的，但我認為這個發明真的很棒。」

「喔，謝謝你！」酸不溜的臉紅了。

「我在製作過程中犯了一些錯。一開始，我把彈射組件連接到……後輪，結果溜冰鞋整個向後翻，當時我還在鞋子裡！」

「潘神保佑！我很高興這個問題已經解決了。告訴我，它會不會很難開？」

「這就有點棘手了。」酸不溜坦承說，「你知道，每一次彈射只能讓你前進這麼遠，然後你就必須重新把圓圈轉緊。我的做法是趁這個時候把頭伸出去，確認霹靂號的方向正不正確，然後看情況來調整。」

小苔的橡實殼斗帽從溜冰鞋裡冒了出來，接著出現了一張興奮不已的臉孔。

「喔，酸不溜，你好聰明！裡面很舒適，也很安全！我們可以開著它旅行好幾公里——甚至可以睡在裡面！雖然我們必須靠在一起，但我想我們會很溫暖的。我們只需要一個蓋子來蓋住出入口，這樣就不怕下雨了。我相信我們可以發明出某個東西來解決這個問題的。」

小苔爬了出來，阿榆緊跟在後。

「這實在太棒了。」阿榆說，「我們去找點樂子，好不好？再往前走，過了樂金草地，有一條人類開闢出來的平坦小路。我們在那裡可以好好飆一下！」

於是四個小矮人收拾好橘色的防水帆布，用鞋帶拖著霹靂號沿溪邊前進，一路上還吸引了所有溪流族民的驚訝目光。老雲拿著防水帆布，酸不溜待在溜冰鞋裡，小苔和阿榆各自拉著一條鞋帶。他們走得很吃力，因為春天的草地長滿了茂密的三葉草和蒲公英，但最後他們來到了一條光禿禿的泥土路。

「大家都進來吧！」酸不溜喊著。阿榆先爬進去，接著是小苔，他也伸出手幫忙拉老雲進來，他年紀非常大了，所以有時候會不太靈活。由於大家全都擠在一起，因此溜冰鞋的深處不時會傳出悶悶的叫喊聲，包括：「哎喲！」、「別碰我！」、「只要讓我……」還有「對不起！」而溜冰鞋也在微微搖晃著。

他們測試了幾次，沒多久就能讓霹靂號平穩的衝出去，而不會每次都發出歇斯底里的刺耳聲響，他們也弄懂了如何趁它慢下來時調整方向。很快的，當霹靂號前進時，就會有小矮人站在炮塔上，露出酷酷的表情，還把一隻手肘彎起來靠在炮塔邊緣，看起來就像是小坦克車上的士兵。

「好，你們覺得怎麼樣？這樣行嗎？」酸不溜問。雖然靠近鞋頭的部分很昏暗，但有一些陽光灑在坐在腳後跟部位的小苔和阿榆身上。

「嗯，這絕對比我們走路還快。」老雲說。

「這簡直棒極了、棒呆了、棒透了！」小苔有點興奮過度了。

「來吧！」阿榆高喊，「就是現在！讓我們出發到人類巢窩吧！」

Chapter 13

掉進愚蠢溪裡

倉卒的決定，

不見得是明智的決定。

愚蠢溪流過樂金草地的黃色田野，在陽光下閃閃發亮，同時映照著春天的藍色天空。一隻蛺蝶在溪邊的紫羅蘭花叢中飛舞，鳥兒也在四周愉悅的唱著歌。

就在溪邊的一條小路上，出現了一隻帶著兩道黃色條紋的深紅色溜冰鞋。一張小小臉孔從鞋子開口冒出來，然後又消失。接著，溜冰鞋突然神奇的向前衝，裡頭還爆出一陣歡欣鼓舞的吶喊。滑行了一段距離之後，它的速度愈來愈慢，最後靜止下來。接著，在短暫的沉寂和一段嘀咕聲之後，它又再度衝了出去。

「往那邊走！」阿榆叫著，不時把頭伸出來確認方向。

「跑快一點，跑快一點！」每次酸不溜

把驅動輪子的橡皮筋轉緊時，小苔都會這麼喊。

「我有把大門鎖上嗎？」酸不溜喃喃自語，但不期待任何人回答。

同一時間，坐在鞋頭的老雲默默想著，倉卒做決定有時候很勇敢，有時候很愚蠢，但在你知道事情會變成怎麼樣之前，你很難分辨到底是哪一種。真的，有時候你就是必須立刻去做一件令人害怕的事，不能顧慮太多，否則你永遠不會知道結果，但有時候最好先規劃和準備。老雲在想，也許坐著自製戰車前往人類巢窩屬於第二種情況。就在這時，霹靂號撞上一大叢酸模。它震了一下，在空中飛了一會兒，然後噗通一聲開始進水，沉沒在可能會掉進去的唯一一個地方——愚蠢溪。

小苔浮出水面，用狗爬式的動作游到岸邊，並回頭張望。阿榆出現在溪流中央，他抓著跟沉沒的霹靂號相連的一條鞋帶，然後深吸一口氣，英勇的潛回水裡，把老雲從鞋子裡拉出來、拖到岸邊。但酸不溜到哪裡去了？

「喂！嘿！放開我！」一個熟悉的聲音說。這時，只見艾迪抬高頭部浮在水面上，而且小心翼翼的用有著尖牙的嘴巴含著還在抱怨和掙扎的酸不溜。

「我是怎麼跟你說的？」艾迪把酸不溜吐到岸邊之後對他說。

「你說我應該要學游泳。」酸不溜說，「可是我也說過，我完全不打算踏進愚蠢溪，所以幹麼學呢？」

「因為你住在水邊，而且意外隨時可能會發生，就像今天這樣。還好我湊巧經過，而且沒有真的把你當成青蛙，要不是你的衣服實在很可笑，不然我早就把你活活吃掉了！」艾迪說。

「抱歉，但批評其他生物的穿著打扮是很無禮的。」酸不溜說。他盡可能挺直身體，擺出有尊嚴的架式，水從他的青蛙皮連身衣上滴下來，有點黏黏滑滑的。

艾迪看著其他小矮人說：「你們都掉進水裡了嗎？大家都沒事吧？」

「喔，沒事，我們都會游泳。你瞧，連小苔也會。我們從來沒有被水沖走過。」老雲說。

「事實上，我的游泳技術好到可以救老雲！」阿榆自誇著。

「我根本沒有怎樣。」老雲回答，「只要多給我一點時間，我就會輕輕鬆鬆的浮出水面。」

「趁你還沒走，艾迪，」酸不溜帶著有點巴結的語氣說，「我在想，你能不能救救我的戰車，然後把它拖回橡樹潭？我們會非常感激的。」

「尤其是你嗎？」艾迪問，「畢竟我救了你一命，沒有讓你被水沖走。」

「對，尤其是我。」酸不溜微笑著說，「謝謝你，艾迪。我很抱歉剛才掙扎個不停。」

* * *

隔天早上六點，椋鳥閃閃出現在愚蠢溪彎道旁一棵樹的頂端嫩枝上，那棵樹正是因為飽受溪水沖刷而露出根部的空心橡樹。他的黑眼睛淘氣又明亮，嘴巴正張開來發出你所聽過最驚奇的叫聲，包括很像寵物狗玩具發出的那種啾啾聲、喀噠聲、呼嘯聲、機器人般的嗶嗶聲，以及像是建築工人會開心吹出來的口哨聲。閃閃頸部的短羽毛也跟著抖動，顯示出他有多麼投入這場奇特的演出。

最後，他發出咯咯咯的聲音，抖了抖羽毛，然後輕盈的朝岸邊飛下來，伴隨一陣伸縮喇叭般的滑降音，「這樣應該能吵醒他們吧，我想。」他一邊說，一邊降落在一扇精緻小巧的門前，並且把翅膀收起來。果然，門嘎吱一聲開了，酸不溜睡眼惺忪的走了出來。

「老大，早安。」閃閃說，「你說說看現在是什麼時候呢？，你知道太陽已經出來好幾個小時了吧。我收到的訊息是說，天一亮就得過來這裡！」

「閃閃，早安。」酸不溜打了個哈欠，「真的很抱歉，我們一整晚都在火堆旁烘衣服，因為昨天發生了……呃……衝進水道的意外事件。我們立刻出來。」然後門又關上了。

「看在潘神的份上幫幫忙吧，你們這幾個。」閃閃喃喃自語。

沒多久，隱族小矮人就全部起床，瞇起眼睛、頂著太陽聚集在小小的礫石灘上。小苔很快做了一些橡實油炸餡餅，並且連同一小罐蜂蜜一起遞給大家。

「好，閃閃，首先要謝謝你過來這裡。」老雲開始說，「真高興又見到你。謝謝你這麼幫忙。」

「沒什麼啦。」聰明的椋鳥一邊回答，一邊盯著油炸餡餅，「我能為你們做什麼呢？」

「現在的狀況是，我們要去人類巢窩……」

「喔，這樣子喔？」

「哪樣子？」

「你們這幾個，去人類巢窩。別管我，老大，你繼續說。」

「我是說，」老雲繼續講，「我們要去人類巢窩，而且我們有個新發明可以把我們載到那裡，雖然它現在有點溼溼的。今天請你過來，是因為我們需要你對路線給點建議。」

「給點建議，好，了解。不過最重要的事先來，我可以吃一個嗎？」

「喔，當然可以。」小苔趕緊走上前，「實在很抱歉，我早該拿給你才對。我不知道今天是怎麼了，真的不知道。要加蜂蜜嗎？」

「不了，謝謝，那會黏住我的嘴巴。好，我們講到哪了？喔，對，人類巢窩，它在上游，就是那裡。」閃閃用整潔光亮的小腦袋朝那個方向點了一下，「我大概要飛兩天，因為中間還要停下來吃點東西、打個盹。如果是速度快一點的鳥，天氣好的情況下一天之內就可以抵達——這部分最好再提醒我一下，因為需要討論討論。首先，你們得爬上一個荒原高地，明白嗎？那裡沒什麼美景，只有遍布石楠花和金雀花的棕色山丘、四周有長著蕨類植物的灰色大石頭，還有綿羊。要當心渡鴉，還是有鳥會飛過那裡的！不管怎樣，你們走了一段路之後就能遠遠望見人類巢窩，它長得很像一個灰色的疣，到了晚上還會發出橘色的光。當你們愈接近那裡，就會看到愈多道路、鐵軌、房子之類的東西，四周也會愈來愈熱鬧，然後沒多久你們就會抵達了。我的媽呀！那裡真的很吵、很驚險刺激，然後你們會在臭味、熱氣、喇叭聲和人群中找到一個地方落腳，比如一棵樹——如果有的話——或者是屋頂上突出來的那種金屬東西。」

阿榆一直都很仔細的聆聽，而且在閃閃提到天氣的時候，若有所思的點了點頭，「你說的那個荒原高地有路可以穿過去對吧？一條表面平坦的路，至少沒有一大叢一大叢的酸模或其他植物？」

「對，老大。」閃閃說，「我們鳥類常常用它確認方向，而且它是一條彎來彎去的小路，所以我想不會有太多死亡戰車經過。」

「很好。你覺得我們可以安全的走在那條路上嗎？」

閃閃看起來不是很確定，「也許吧……如果你們在晚上走，我想。但這樣不知道要走到什麼時候。」

酸不溜立刻站出來說：「啊，但你知道……我們的新發明會幫助我們快速移動，只要路面平坦就行了。請你過來看看！」

閃閃露出有點懷疑的表情，但酸不溜帶他進入矮樹叢，也就是藏著溼答答的霹靂號的地方。老雲、小苔和阿榆緊跟在後。

酸不溜一臉自豪的撥開高大的草叢，向閃閃展示自己的新發明。閃閃一看見霹靂號，立刻發出低沉的口哨聲，然後在發明者興奮的解釋動力來源時，一邊繞著它走，一邊仔細的瞧，還發出一連串柔和的喀噠聲。

「所以這個是……」閃閃終於開了口，「這個是……好……我的意思是，我必須說這挺不錯的。我的意思是，這挺棒的，只不過……」

「只不過什麼？」酸不溜問。

「我必須坦白跟你說，老大，這行不通的，我來告訴你為什麼。你知道嗎，那條路的前半段幾乎都是上坡。」

Chapter 14

新的計畫

閃閃的一句話讓酸不溜的期待落空，

但大家對接下來的旅程並沒有絕望。

「親切友善的鴨子？」

「他們……不是很聰明。」

「烏鶇呢？」

「小了點。」

「那……天鵝呢？」

「太自大了，他們絕不會答應的。」

「好吧，那你呢，難道你不能帶我們去嗎？」阿榆不耐煩的問著閃閃，「椋鳥親切友善又聰明，不是嗎？」

四個隱族小矮人跟閃閃一起坐在空心橡樹最低矮的一根彎曲禿枝上。酸不溜看起來垂頭喪氣的，因為他發現霹靂號無法帶大家踏上接下來的旅程，所以受了很大的打擊。不過阿榆卻很興奮，自從聽說表親雲莓隨著外號叫做「天狗」的雁群遷徙到外地之後，他無時無刻都在夢想可以找到一個方法跟鳥兒一起翱翔。現在，閃閃已經答應要試著找個鳥類朋友至少載他們一程，剩下來要做的，就是決定哪種鳥能為他們提供最好的飛行載客服務。

「你說得對，」閃閃回答，「椋鳥親切友善又聰明，但如果連烏鶇都不夠大隻，無法把你們其中一人載得很遠，椋鳥又怎麼辦得到呢？而且我們飛行的時候搖搖晃晃的，你大概不到五秒就會臉色發青了，老大。」

「閃閃，你難道不想知道為什麼我們要去人類巢窩嗎？」小苔問。他看著一隻鮮綠色的毛毛蟲奮力爬上旁邊的一根樹枝。

「在我看來，那是你們的事。」閃閃回答，「我不習慣到處打聽人家在做什麼，反正野世界能讓我吃驚的事並不多。你們知道我的座右銘是什麼嗎？『互相尊重、少管閒事。』」說完，閃閃立刻把身體向前傾，張開嘴巴迅速叼走毛毛蟲，整條吞了下去。

「好吧，那鵟鷹呢？」老雲提出建議，「他們夠大隻了吧。」

「去不成的。他們也許肌肉發達，但沒什麼膽子。」

「八哥？」

「靠不住。他們的眼睛太奇怪了。」

「海鷗？」

「你是在說傻話吧。」

「喔，我知道了！貓頭鷹！」小苔大喊，「兩隻貓頭鷹！班太太和她先生！」

「你們跟真的貓偷鷹打交道啊？」閃閃問，「喔，我的媽呀。」

「貓頭鷹，不是貓『偷』鷹。」

「隨便啦，反正他們很嚇人，懂我的意思吧？更別提他們老是在嘔吐了。喔，不，謝了。」閃閃張開全身的羽毛，抖了一下，然後挺直身體，甩了甩他的短尾巴。

「聽著，閃閃，」老雲用明理的語氣打斷他的話，「你已經否決了我們推薦的每一種鳥，請問你認為，誰該帶我們去人類巢窩呢？」

「這個嘛，用膝蓋想也知道，不是嗎？你們要的是一個飛行高手，一隻城市鳥，一隻有點生存技能的鳥——不是那種頭一次聽見咿喔咿喔的警笛聲就嚇得從空中掉下來的鄉巴佬，懂我的意思吧？」他的頭上下來回移動，精準呈現出警笛給人的印象。

「朋友們，你們要的是一隻鴿子，」他繼續說，「不是附近這些坐在樹上看來無所事事只會咕咕叫的肥鴿子，不，你們要的是跟他們相同卻又不同的表親。我說的是一隻真正的『人類巢窩鴿』，也就是以前所稱的『野鴿』。」

「喔，不，我們不要……」阿榆說，他已經興奮的在樹枝上又蹦又跳。

「不要什麼？」閃閃問。

「一隻。」阿榆回答。

「我們不要嗎？」小苔、老雲和酸不溜異口同聲的問。

「不是，我們要『四隻』！」阿榆回答說。

閃閃的主意很棒。城市鴿是鳥界的飛行高手，速度快得驚人，還能盤旋飛行和轉彎，表演空中飛行特技。他們也是非常厲害的導航員，可以利用身體的內建羅盤進行長距離定向，就連人類也還沒完全弄清楚他們是怎麼辦到的。他們勇敢又聰明，而且可以忍受腳傷、人類的垃圾與混亂以及大多數的汙染。簡單來說，他們非常適合大城市的生活，就像小椋鳥所說

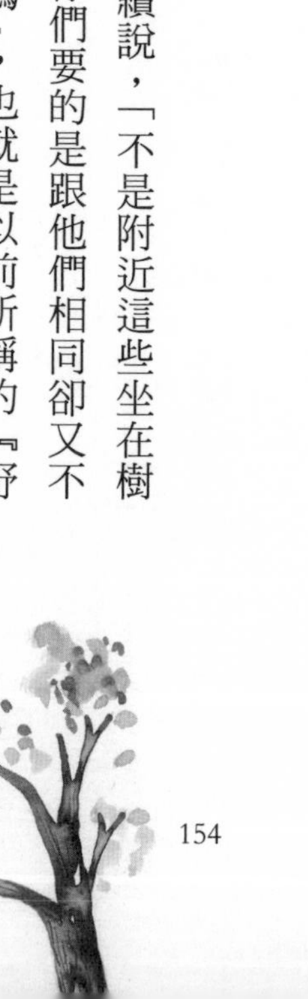

的，他們具備「生存技能」。

當大家一達成共識，閃閃立刻就飛去尋找志願者，並且承諾隔天早上帶他們回來、準備啟程。「他們肯定有一些是通勤族，不會介意載個客人的。」他說。

「明天早上？這麼快？」小苔問。老雲抬起頭，看起來也有點擔心。

「還記得我說過有關天氣的事嗎？」閃閃回答，「暴風雨要來了，阿榆可以證明。所以在我看來，你們應該會希望早點出發。」

四個隱族小矮人花了大半天時間把私人物品裝進自己的背包，做好離開愚蠢溪的準備。他們向捕魚大王道別，捕魚大王也祝他們好運，然後立刻前往上游尋找艾迪，讓他知道小矮人要離開了。他們揮手告別成排在水裡游動的小戴，小戴吹著泡泡，不停揮動自己的魚鰭。他們也跟藍山雀阿吉說再見，阿吉倒吊在榛樹枝頭上盪來盪去，用吱吱的叫聲回應他們。

其他鳥兒大多忙得無法停下來聊幾句話，畢竟現在是春天，灌木叢、樹林和溪流附近的矮樹叢裡到處都是鳥巢，裡頭坐著總是張大嘴巴討食物吃的飢餓幼鳥。隱族小矮人有點難過，因為他們無法在離開愚蠢溪之前看到這些幼鳥長大。

黃昏時分，艾迪和他的伴侶「小莉」以低著頭且幾乎沒有劃破水面的姿勢，在溪水最深處逆流前進。他們爬上岸後抖了抖身體，甩出一身晶瑩剔透的水滴，然後用輕柔的口哨聲呼喚隱族小矮人。他們在岸邊度過了一個美好的夜晚，一起說故事、玩遊戲、吃著小莉潛水採來並用堅固白牙咬開外殼的淡水貽貝。這不是個悲傷的場合，因為水獺是很樂觀開朗的動物，而且他們從沒去過人類巢窩，也不打算去，所以不大相信有那個地方或那裡真的很危險。聚會結束時，這對務實的水獺只是溜回溪裡，輕鬆愉快的說了一聲：「再見嘍！」

隔天早上，天氣變涼，還吹起陣陣微風，小苔、老雲、阿榆和酸不溜發現這將是自己最後一次面對著小礫石灘上，用鵝卵石圍起來的營火盤腿而坐。火堆上架著八塊串在榛樹樹枝上醃燻的刺背魚片，灰燼裡還有四條馬栗麵包正在烘烤，而且每條麵包都裝在刷洗乾淨的貽貝殼裡。

「你們知道嗎，打從我有記憶以來，我就一直想飛。」阿榆開心的說，「我無法想像為什麼我從沒打算行動。所以當我聽說雲莓和天狗的事，我就對自己說：『潘神啊！我怎麼沒有想過呢？』」

「還好有閃閃，想出了這個好主意。」酸不溜說，「我已經等不及要去研究他們的翅膀是怎麼運作的——我有沒有跟你們說過，我希望有一天能做出一台飛行器？」

「你不是對霹靂號的事感到很難過嗎？」小苔問。

「喔，不，我已經想開了。要當個發明家，就必須從每個經驗中學習。那不是失敗，只是為下一次嘗試提供新的資訊。你不能把什麼事都放在心上，否則一遇到挫折就會想要放棄。」

「你能這樣想真是太好了。」老雲說。

「而且，等我們從人類巢窩回來以後，也許可以把霹靂號用在其他探險上，誰說得準呢？」酸不溜說。

「如果潘神允許的話。」小苔輕聲的說。

老雲伸出兩隻看不見的手握住小苔的手，輕輕捏了一下，「你在擔心嗎，小苔？」

「有一點，」小苔回答，「只是……嗯，閃閃說——阿榆也這麼認為——天氣快要轉壞了，想到我們可能要頂著暴風雨坐在鳥背上進行高空飛行，感覺就有點可怕。」

其他人嚴肅的點了點頭。那確實很可怕，這趟旅程的終點也是，儘管還沒有人真正提到這一點。也許現在是把所有事情都拿出來談的好時機，小苔想。他們一直把焦點放在飛行問題上，以至於幾乎忘了為什麼要這麼做——他們需要知道其他隱族小矮人的命運，以及這跟老雲和阿榆身體消失現象之間的關係。小苔見過老雲在橡樹潭洗澡的樣子，所以他知道酸不溜和阿榆不知道的事——身體消失的現象並沒有停止，而且儘管老雲答應其他人不再隱瞞任何事，但他的四肢在長袍底下已經變成透明的了。

「聽著，有件事我想應該談一談，這件事有點……」小苔說。但突然間，空中傳來響亮的拍翅聲，營火的煙霧也被一股強大的氣流給攪亂，原來是野鴿到了。

Chapter 15

飛行之旅

在暴風雨來襲之前，

冒險者必須擺脫大地的束縛。

「什麼，現在？真的嗎？各位，真的嗎？我們就這樣……飛走嗎？我是說，閃閃甚至沒有跟你們一起出現，所以坦白說，你們有可能是來路不明的四隻鳥，而且我們根本還沒……我的意思是……我叫小苔，嗨，你們好，很高興見到你們，你們是……呃……很明顯是鴿子，但很抱歉，先告訴我你們的名字好嗎？」

即將坐在鳥背上飛向天空讓小苔很緊張，為了消除恐懼，他開始發脾氣，畢竟這比恐懼來得容易多了，只是對其他動物來說不太愉快。幸好，老雲和阿榆已經認識小苔好幾百年了，他們很清楚發生了什麼事。

「呃……你們好，朋友們。」阿榆走上前對四隻鴿子說，同時把手放在小苔的背上

安撫他。

這四隻鴿子的羽毛紋路各不相同：第一隻有著淺灰色體羽和紫綠色頸羽，第二隻有著暖棕色體羽和奶油色尾羽，第三隻在翅膀尖端有著酷酷的黑色條紋，最後一隻有著斑點翅膀和金色眼睛，身體顏色比較深。

「你們慷慨支援挺進人類巢窩的行動，我們永生感激不盡。」阿榆繼續說，企圖緩和小苔失禮舉動所引發的不悅情緒，「椋鳥閃閃告訴我們，在占據這片土地的鳥類當中，你們是無與倫比的飛行高手，而且充滿了非凡偉大的智慧，特別是……」

「我的老潘神！現在到底是什麼情況？」一隻鴿子歪著嘴巴對另一隻鴿子低聲說。

「不知道啊。」另一隻鴿子回答，「我想他剛剛有向我們問好，但在那之後我就有點……恍神了。他們是精靈嗎？」

「奇怪的小生物，不管他們是什麼，一個沒有腳，一個沒有手……你看見了嗎？」

這時候，閃閃在一陣響亮的喀噠聲和嗶嗶聲中降落，某些聲音聽起來疑似是髒話。

「喔，我的媽呀，」他打理好羽毛之後說，「對不起，我來晚了。昨天晚上我在一個車庫裡休息，所以非得等人類開門才行，我老是忘記他們睡得很晚。好，很快做個介紹，我知道鴿子們想要出發了。留著長髮沒有手的這一位是老雲，戴著橡實殼斗帽的是小苔，穿著裙子沒有腳的是阿榆，套著青蛙皮連身衣的是酸不溜。」他用鳥喙朝他們每個人點了一下，「在鴿子這邊，我們有帶著賽車條紋的『拉妮』，身上有棕色和奶油色羽毛的『雷妮』，頸部閃閃發亮的『羅恩』，站在那邊的是『羅傑』。大家都明白了嗎？好，就這樣。再見！」

「等等！」小苔喊著。

「喔，又怎麼了？」那隻叫做拉妮的鴿子嘆了口氣，然後用嘴整理了一下她那美麗的條紋羽翼。

「我只是在想，難道我們不該有個……飛行計畫嗎？針對這段路程，我們有沒有什麼需要知道的事？或者當我們抵達時，那裡會是什麼樣子呢？」

「你知道嗎，老大，你說得很對。」閃閃說，「說得很對，小苔說得很對！」他又對四隻鴿子強調了一遍，「我忙著到處飛，幾乎忘記說重要的事了。好，團隊簡報，大家集合，大家集合。鴿子注意：就像我昨天晚上告訴你們的，他們四個要搭便車去人類巢窩，愈靠近市中心愈好。記住，他們從來沒去過那裡，所以要想想該把他們放在什麼地點。最好選一個能讓他們安心紮營過夜的地方——也許是個很大的公園，那種比較雜亂、沒有修剪得很整齊的公園。不要跟那裡的鴿子一起吃地上的麵包，了解嗎？你們知道那些麵包是誰丟的嗎？是人類。而且他們四個跟你們不一樣，他們不想被人類看到，明白了嗎？」

「明白。」羅恩說。

「收到。」拉妮說。

「收到什麼？」羅傑問，還用他的金色眼睛瞄了一下。

「專心聽啦。」雷妮低聲的說。

「呃哼！隱族小矮人！」閃閃繼續說，「請注意：你們第一次爬到鴿子背上的時候，一定要把背包牢牢的背在肩上，然後雙手各握住一根羽軸

——羽軸就是羽毛中間硬硬的部分，好嗎？不要去拔鴿子的絨毛，這樣很沒禮貌。不要去抓鴿子的翅膀，也盡量不要尖叫——這樣很討厭——不管鴿子是在斜飛、俯衝、盤旋，還是在翻滾都一樣，他們可能會在遇到緊急情況時做出這些動作。轉彎的時候請往內傾，不要往外傾，否則會讓鴿子失去重心，相信我，你們不會希望遇到這種事的。在大部分時間裡，你們只要……坐好，然後保持理智，好嗎？喔，還有，試著享受這趟旅程，因為你們即將實現野世界所有陸地動物的夢想——飛上天空！」

當閃閃在說話時，四隻鴿子把身體蹲低，讓隱族小矮人可以爬到背上。小苔最接近那隻有著深色羽毛和金色眼睛的鴿子羅傑，雖然觸碰到鳥的羽毛感覺怪怪的，但羅傑似乎一點也不在意。

「小不點朋友，你坐得舒服嗎？」羅傑親切的問，「有沒有找到幾根強壯的羽毛，用手抓住它們？」

「有，謝謝你。」小苔用微微顫抖的聲音回答，「如果我有做錯什麼，請告訴我。」

「喔，我會的，別擔心，但你不會有事的，我保證。我在起飛時會拍

打一下翅膀，所以你要把膝蓋夾緊。在那之後，就只有你跟我和無比自由的天空了。」

「還有其他人！」小苔說，「不要忘了他們，或者把他們拋在後面！」

「不會的，我保證。好，你準備好了嗎？」

小苔深吸一口氣，用力吞了一下口水，「我準備得不能再好了，我想。」

「這就對了，那我們出發嘍！」說完，羅傑就背著雙眼緊閉的小苔，張開翅膀，飛向期盼已久的天空。

有那麼一會兒，小苔感覺一切似乎都很混亂：羅傑的翅膀在身邊猛烈拍打、他的胃就像在坐雲霄飛車一樣上下翻攪，還有一股強大的氣流在四周環繞。但後來羅傑的翅膀進入穩定的起伏模式，情況就好多了。恐懼敵不過好奇心，小苔決定偷看一眼。

剎那間，他感覺棒極了。在他們下方——相當遙遠的下方——有一大片拼接而成的綠野美景：農田和樹籬、深色調的森林，以及波光粼粼的愚蠢溪。溫暖的陽光照在他們的背上，蔚藍的天空在上方和四周無限延伸。

小苔忍不住咧著嘴笑，還興奮的大喊：「喲呼！」

「哇嘿！」有個叫聲在回應。小苔看見鴿子拉妮出現在他們旁邊，而且阿榆正坐在拉妮的背上開心笑著。

「是不是很神奇？」阿榆喊著。

「太神奇了！」小苔回答，「其他人呢？」

「你看後面！」

小苔抓緊羽軸，轉過頭去。他看見雷妮和羅恩以穩定的速度揮動翅膀，專心看著前方，他們背上的乘客露出開心的微笑——甚至連老雲也是，雖然他的綠帽子早就被吹跑了。酸不溜還空出一隻手來，向領先的搭檔揮手打招呼。小苔的心情就像載著他們的鳥兒一樣飛揚著，僅存的緊張感也完全消失了。

他們飛得愈來愈高，底下的世界愈來愈小。而且不知道為什麼，所有憂慮似乎正在瓦解，好像它們一點也不重要。遠離地上的一切在空中翱翔，就像進入了一個全新的世界。

「喔，我們忘了跟閃閃說再見！」過了一會兒，小苔驚訝的說。

「別擔心他。」羅傑說，「他說他到時候會跟上。你會再見到他的！」

小苔環顧四周，試著體會這一切，但還是感到很震撼，「我們可以飛到任何地方──任何地方！」

「沒錯，小不點朋友，這是不是很棒？你可以理解為什麼人類總是想要模仿我們了吧。打從一開始，他們就羨慕我們有翅膀。」

「我也是！」阿榆坐在拉妮的背上大喊。

「還有我！」酸不溜的聲音從後方傳來，「我一直在研究拉妮是如何辦到的，結果比我想像得還要複雜。」

「喔，對，不是只有啪啪啪的拍打翅膀而已。」拉妮說。她傾斜著身體，做了個優雅的搖擺動作。阿榆興奮的尖叫起來。

小苔漸漸適應了。他看見藍色的天空，他們正在飛越的霧灰色和棕色荒原高地在前方的地平線交會。遙遠的地面有一道細細的曲線，而且上面有小東西在閃閃發亮。那不是愚蠢溪，而是一條穿越荒原高地的道路，路上零星散布著一些汽車。

想像一下：每輛汽車都有成年人類在駕駛，也許後座還載著正在聊天、聽音樂或盯著窗外看的孩子，但沒有一個人察覺到，有四隻各自背著一個隱族小矮人的城市鴿正在高高的天上飛行，而且會比他們更早抵達大城市。這是多麼不尋常的事啊。

「你還好嗎？」過了一會兒，羅傑問道。小苔不得不把身體向前傾，在微風吹散羅傑的話之前聽清楚，「要不要我表演幾招空中特技給你看，就像拉妮為阿榆做的那樣？」

「不用了，謝謝。」小苔說，「雖然我飛得很開心，比我預期的還要開心多了！」

「你一開始看起來很擔心！」

「我……老實說，我本來不想飛的，我不像我的朋友那麼勇敢。」

「喔，我覺得你其實更勇敢！因為要做一件你不害怕的事並不難。我認為勇敢就是感到有點害怕，但還是決定去做，這就是你在做的事。」

小苔栗色的臉高興得紅了起來，從下巴一直延伸到橡實殼斗帽那裡。

「嗯，非常感謝你。我現在甚至不知道本來在擔心什麼，似乎挺傻的。」

「一點也不傻。」羅傑說，「從一個自然環境轉換到另一個自然環

境——無論從陸地轉換到水裡，還是轉換到空中——都應該認真看待。總而言之，你擔心天氣變糟的這個想法相當正確，看看那邊！」

小苔朝遠方看去，有一團頂部向外擴散的巨大雲朵聳立在天空中。

「看見了嗎？那是風暴雲。」羅傑說，「不是開玩笑的，它會帶來狂風、冰冷空氣和冰雹，更不用說雷聲和閃電了。但別擔心，我們出發得夠早，我們會戰勝天氣的！」

他們繼續往前飛，天上烏雲密布，陽光也不再溫暖的照在他們的背上。漸漸的，方形的綠色田野取代了他們底下灰色和棕色的荒原高地，接著，開始有更多建築物點綴在樹林和牧場之間，最後小苔低頭看見，他們正在飛越屋頂和繁忙的道路。

「就是這裡嗎？這裡是人類巢窩嗎？」

「喔，天啊，不是。」羅傑回答，「人類巢窩比這裡大多了。」

果然，街道和房屋再度被綠地取代。他們又一次從鄉村上空飛過，但高度下降了一點，飛得比他們經過荒原高地時還要低，不過仍然遠遠高於樹梢。他們看見鄉間小路蜿蜒在茂密的樹籬之間；他們在銀色圓盤般的湖面上空滑翔和傾斜飛行；他們越過一個巨大倉庫的灰色平坦屋頂，倉庫外停了數百輛卡車。隨著雲層愈積愈厚，光線也從天空中慢慢消失，就像用開關把白天的光線慢慢轉小一樣。

最後，他們飛越一條寬大繁忙的高速公路，看到愈來愈多的建築物，而且有個移動中的物體吸引了小苔的目光，那是一列長長的火車正行駛在灰色天空下的黯亮軌道上，跟他們一起朝著相同方向前進。現在，地面上出現的多半是互相交織的街道和連棟房屋——比他們見過的任何人造區域還要大許多，偶爾才會看到公園或運動場的綠地。空氣中充斥著從遠方車陣傳來的轟鳴聲和奇怪的氣味，他們的飛行也變得沒有那麼順暢了。小苔必須抓得很緊才行，不是羅傑飛得不穩，而是有一陣東風吹來，開始衝擊著他們。

「這就是人類巢窩！」一個聲音高喊。

小苔緊貼著羅傑的背，然後朝老雲的方向看過去，那頭白髮現在往斜後方飄動，一隻空蕩蕩的袖子拂過羅恩用力揮動的翅膀。就在那一刻，巨大的雨滴開始襲來。

「抓緊嘍！」羅傑大喊，小苔把膝蓋和手夾緊，「我會比預計的時間更早帶你下去！」

羅傑突然往左傾斜，然後急速向下滑翔，其他三隻鴿子也緊跟在後。街道、屋頂和煙囪變得愈來愈大，空中充滿了雨滴，小苔全身都溼透了。

「準備進場！」羅傑大喊。他開始朝一條到處都是汽車的繁忙街道俯衝下去，小苔緊緊閉上眼睛。

「收到！」後面有三個聲音喊著。

「收到什麼？」羅傑問。他向後瞄了一眼，差點從空中掉下來。

「喔，沒事！」一個微弱的聲音回答。

羅傑衝進一條黑暗的公路隧道，從另一頭飛出來，又從路邊一棵樹最低矮的樹枝下方穿過去，再經過一個有樹葉遮蔽而且凌亂的老舊喜鵲窩。最後，羅傑啪啪啪的揮動翅膀，降落在地面上，不到幾秒鐘，羅恩、拉妮和雷妮也出現在他身邊。

滂沱大雨傾盆而下，打溼了汽車、商店和房屋。四個隱族小矮人睜大眼睛互相看著對方。

「我……我……我們辦到了。」小苔終於說了出來。

「沒錯，」阿榆說，「我就知道我們會成功！」

「願潘神保佑我們。」老雲頂著一頭往四面八方豎起的白髮輕聲說，

「因為我們來到人類巢窩了。」

Part 3

山楂樹

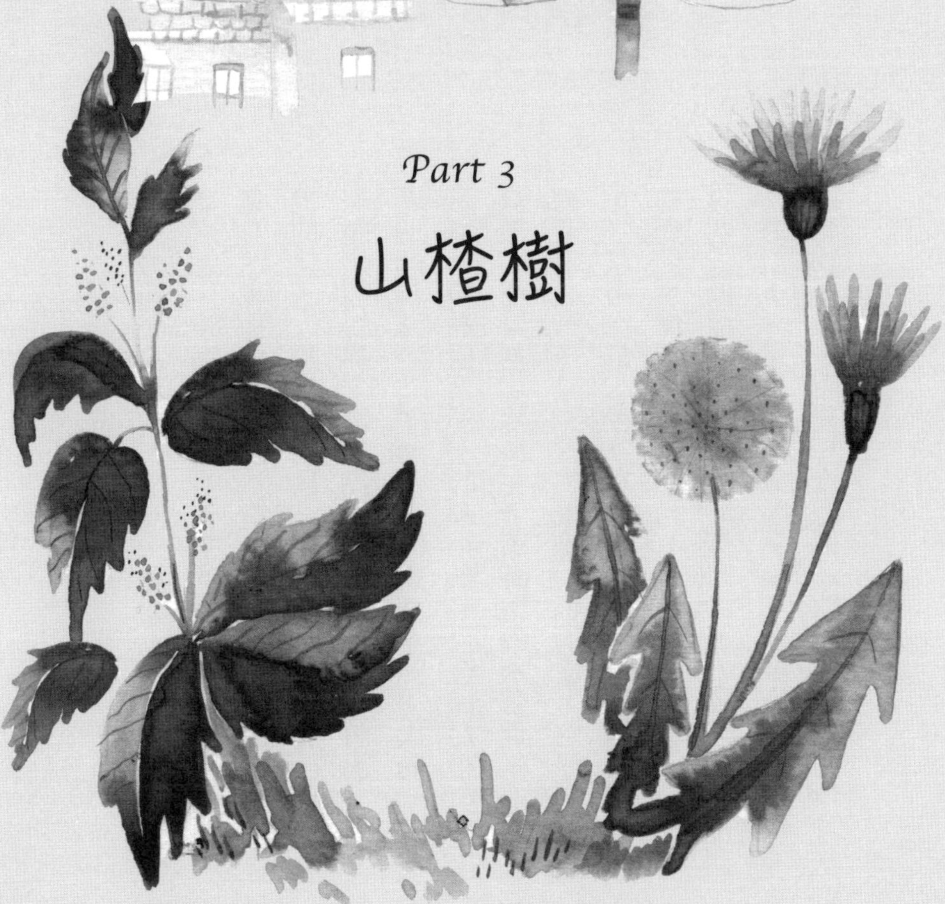

Chapter 16

深入虎穴

就在人類巢窩的上空，

老雲講了一個驚人的故事。

五月底，一個下著雨的星期二下午，在大城市中心地帶一棵高大路樹上的一個舊鳥窩裡，坐著四個全身溼透的隱族小矮人，還有四隻從蔥鬱鄉間一路飛過來已經筋疲力盡的鴿子。那棵路樹是一棵梧桐樹，外皮已經開始從樹幹上一片片剝落，但這是一個很聰明的作法，為了應付周圍龜速車陣排出的廢氣。梧桐樹葉子上的細小絨毛也會捕捉空氣裡的汙染物，然後在下雨時讓雨水帶走。總而言之，這是一棵很優秀的梧桐樹，它淨化了城市空氣，也為鳥兒、松鼠和成千個生物提供了住所。

「這個地方聞起來很不一樣。」酸不溜一邊說，一邊對著空氣嗅啊嗅。隱族小矮人跟動物一樣，嗅覺相當敏銳，他們能聞到的氣味遠比人類的還要多。

「我只是在想，」阿榆回答，「這很不尋常，對吧？也許過了一會兒，我們就不會注意到它了。」

「是啊，再等個一天看看。」老雲說。

四隻鴿子在附近的樹枝上甩掉身上的雨水，然後用嘴整理一下羽毛，他們已經習慣了車流和噪音，所以感到很自在。拉妮還從眼角拉出一層瞬膜，讓它掃過眼球表面（瞬膜是鳥類和爬行動物額外擁有的一層眼瞼，可以從內向外覆蓋眼睛）。她正試著打個小盹，這很正常，雖然梧桐樹幫他們擋掉了壞天氣裡最糟糕的部分，但雨還是不停的下，除了等待，沒有其他辦法。

「跟你們說，我從來沒看過這麼多死亡戰車，」小苔擔憂的說，「我很高興我們坐在這上面，而不是下面！」

「至少它們都走得很慢，不像跟鹿群一起穿越大馬路時看到的那些戰車。」阿榆回答說。

「這裡的死亡戰車通常一天會出現兩次，一次是在太陽升起來幾個小時後，一次是在太陽開始朝地平線落下的時候。」羅傑說，「中間的那段時間，人類巢窩會變得安靜一點，我不知道為什麼。」

「也許就跟兔子一樣，」小苔說，「你知道他們每天都會跑出來兩次，為了找東西吃，天亮和天黑各一次，趁青草還沾著露水的時候？也許死亡戰車也像這樣，一天會跑出來兩次找東西吃。」

「對，有可能。」阿榆點了點頭。

「說到食物，有人想要吃點心嗎？」小苔問，「我肚子好餓。」

「我也是！」酸不溜高喊，「我餓到可以吞下一個蘑菇。」

「我餓到可以兩三下解決一顆飽滿多汁的黑莓。」小苔說。

「我比你們還餓，」阿榆說，「我餓到可以吃掉一整隻小戴！」

遺憾的是，他們沒有這些美味可口的食物，但小苔遞來一些馬栗果皮乾，大家便開始咀嚼了起來，並且坐在汽車、公車和摩托車的上空懸盪著雙腿。他們低下頭，看見人行道的幾塊磚上有許多白色鳥糞，它們就位在最適合鳥類棲息的那幾根樹枝正下方。

沒多久，雨勢開始變小，太陽從雲層中探出頭來，把溼漉漉的路面照

得閃閃發亮，也在汽車的擋風玻璃上反射出刺眼的光線。拉妮醒了，抖著身上的羽毛。羅傑拍了拍翅膀，飛到隱族小矮人那裡聊天。

「事情是這樣的，」他開始說，「我們答應閃閃要帶你們去公園，讓你們可以在那裡紮營，但你們也知道，因為天氣變糟了，所以我們不得不提早降落。我們很高興能再度帶你們上路，而且我們可以飛遠一點，然後再放你們下去。我知道幾個比較大的草地，雷妮和羅恩也知道幾塊小綠地，但我想，那些草地在下過大雨之後一定溼透了，所以你們今天晚上一定要紮營嗎？」

「還有其他辦法嗎？」小苔問。

「嗯，這個鳥窩不是最糟的地點，而且當所有燈光亮起來，你們還能欣賞到壯觀的景色。我只是提出這個想法，給你們參考一下。」

四個隱族小矮人互相看了一眼。雖然這跟他們預想在人類巢窩待的第一個晚上很不一樣，但老實說，大家騎鴿子騎到屁股都瘀青了，尤其是阿榆，因為他穿著短裙，而且他們也沒有真的想要飛得更遠。

「我同意留在這裡。」小苔說。

「我也是。」酸不溜說。

「我也是。」阿榆說。他正拿著史丹利刀修掉幾根尖銳的樹枝，把鳥窩整理成一個還算舒適的休息地點。

現在是傍晚時分，人類巢窩的各個角落都亮起了燈光。汽車的煞車燈和頭燈串聯成紅色和白色光帶，連棟房屋的窗戶也發出金黃色的光芒。到處都有高聳的摩天大樓，而且每座大樓都有幾十個發亮的小方塊。這座城市往四面八方延伸出去，就像蜂巢、白蟻丘或活珊瑚礁那樣錯綜複雜、豐富奇妙。

「哇喔，」酸不溜輕聲說，「我沒想到這個地方這麼美！」

「我也沒想到。」阿榆說。

「我以為這裡會很醜、很可怕，沒什麼樹木或生物——但其實完全不是這樣！」小苔說，「你覺得呢，老雲？」

「喔，」他們的老友說，「我早就知道了。你們曉得嗎，其實我以前來過這裡，很多年以前。」

小苔和阿榆互看了一眼，驚訝得張大了嘴巴。

「怎麼會？你是來探險的嗎？快告訴我們！喔，拜託告訴我們！」阿榆說。

「如果你願意的話。」小苔接著說。他注意到老雲的眼神帶著哀愁。

「事……事情是這樣的，」老雲有點遲疑的開了口，「你們都知道，還沒跟你們一起住進老梣樹以前，我曾經在野世界裡流浪了很久。」

小苔和阿榆點了點頭，他們還清楚記得遇見老雲的那一天，彷彿就在昨日。當時，他們認識了比自己還要老得不可思議而且疲憊、瘦弱又安靜的老雲，這位新朋友也基於禮貌，向他們透露了一些發生在自己身上的事。然而過了這麼多年，大家共同經歷了許多事，探究在認識彼此之前有過什麼遭遇似乎已經不重要了，尤其考慮到老雲從來不曾提起那段往事。

「自從失去心愛的池塘以後，我就開始試著了解一個正在發生的巨大變化。在我看來，那似乎是人類出現在野世界以來最巨大的變化。」

「什麼樣的變化？」小苔問。

「嗯，人類有很長一段時間一直過著採集野生食物、打獵和捕魚的生活，就跟我們一樣。後來他們學會耕田種菜，開始定居下來，不再四處遷徒，而且慢慢改變了潘神創造出來的某些動物，讓他們成為對人類更有用的馴養動物，像是豬、牛和羊。」

「還有貓跟狗。」阿榆插嘴說。

「對，還有貓跟狗。但這不是我所說的巨大變化。在這段時間，人類的數目開始增加，只是慢慢增加而已。他們分散在各個聚居，有些地點比較小，有些比較大，但都不像現在大多數人類居住的巢窩這樣。那時候，我們跟他們一起生活，他們知道我們的存在，哪怕只有一絲模糊的印象——就像你已經忘了大半段的故事，或是一個出現在夢裡的影像。

「後來，在兩百多個杜鵑夏天以前，人類世界出現了變化，就像……開始加速運轉起來一樣。突然間，至少看起來是那樣，人類擁有了各式各樣從沒出現過的新奇裝置，那真是令人興奮的景象！酸不溜，你一定還記得吧。但有些地方卻變得烏煙瘴氣的，很多河流也開始死亡。

「然後我注意到另一件事，雖然我很難描述出來，那種感覺像是……像是人類忘了自己是野世界的一分子，忘了自己需要蜜蜂、動物、樹木和其他所有東西。這讓我感到害怕，於是我開始試著了解到底發生了什麼

事。後來我在流浪時來到了這裡，來到了人類巢窩。」

「那時候的它是怎樣的地方？」小苔問。

「嗯，那時候當然沒有死亡戰車，但人類忙著建造他們的高樓大廈，到處都很吵，而且瀰漫著煙霧、馬糞和人類的味道。它既美麗又可怕，但又令人興奮，儘管我滿喜歡它的。

「但我發現人類在擴張他們的巢窩時，會蓋掉原本存在的地方，像是田野和果園、小樹林和灌木叢、池塘、荒原和溪流，所以長期守護這些地方的隱族小矮人就得找別的地方居住，夜鶯、睡鼠和蜥蜴也是。而且當愈來愈多人類到這裡生活，巢窩就得不斷擴張，才容納得了他們所有人。」

「天哪，」酸不溜說，「你的意思是說，這些街道和建築物的底下其實有山丘和山谷嗎？」

「還有河流！」老雲回答，「人類把它們幾乎都埋到地下了，這樣才不會擋路，所以現在它們都見不到陽光，也沒有守護者。」

「那……原本住在那些地方的隱族小矮人呢？」小苔問。

「據我所知，大多數的族人都逃走了。他們多半很傷心，但有些族人已經準備好展開新的探險。有些族人試著在公園或比較大的花園裡堅守崗位，直到最後一刻為止，但有些僅存在人類巢窩裡的特殊地點沒有族人守護，所以我決定盡自己的一份力量。

「我找到一棵枯萎的老山楂樹，它是從前一條陰涼的羊腸小路僅存下來的遺跡，守護它的是一個已經決定離開人類巢窩、名叫『蘑蘑』的族人。那條小路起先偶爾有鹿穿越矮樹叢，後來開始有人類行走，並在人類靠馬匹代步以後，變成了一條道路，且持續了八百個杜鵑夏天。路邊長了三棵可愛的小山楂樹，每到春天，山楂花和峨參就會把小路襯托得很美。

「過去，這條小路通往一個村莊，但後來那個村莊開始發展，於是林立在小路兩旁的再也不是樹籬，而是一棟棟房屋，剛開始是木屋，後來變成磚房。最後，原本離村莊很遙遠的人類巢窩一直向外延伸，把村莊給併吞了，這條小路就變成一條鵝卵石街道，四周還圍繞著數百條跟它很像的街道。

「後來，有個人類決定為房子蓋一條氣派的鐵門車道，但一棵小山楂樹擋到了路，於是在某個秋天早晨，人類用斧頭砍了幾刀，把小山楂樹砍

倒了——好像它一點也不重要，好像冬天的飢餓鶇鳥不需要它的鮮紅色漿果，春天的蜜蜂也不需要從它的乳白色花朵中採集花蜜。」

老雲的聲音變得斷斷續續的，「我急忙跑到一堆馬糞後面，試著思考該怎麼辦。就在人類把斧頭舉起來時，我……我跑出去阻止他，誰知道一切都發生得太快了。我的舉動實在很蠢，而且一點用也沒有。」

大家都靜靜坐著，陷入短暫的沉默。

「你就是在那個時候失去一隻眼睛的嗎？」酸不溜輕聲的問。

「對，不過我很幸運，要是我被斧頭劃到，早就死了，鐵器對隱族小矮人來說是致命的。當人類把那棵倒在我身上的樹拖走時，我趕緊爬起來跑掉，根本沒有察覺到我被掉落的樹枝打中了——我想是因為我太害怕了，而且我的心一直在怦怦跳。」

「老雲，我可以問你一件事嗎？」酸不溜猶豫的說。

「當然，你想問什麼都行。」

「你是我們當中年紀最大的，而且似乎懂很多事情。我只是在想：你見過潘神嗎？」

「喔，沒有，我想很多野生動物都沒見過，至少有成百上千個杜鵑夏天不曾見過。但我們會在秋天的星空看到潘神，不是嗎？他腰帶上的三顆星和腰帶下方的星雲、和我們一樣向上伸展的雙手、兩隻強壯的腳。這些星星提醒我們，它們會保佑我們平安度過寒冷的月份，也會在我們冬眠時守護著我們。」

「對，但……你怎麼知道潘神是真的？我的意思是，我們常說『潘神保佑』、『潘神啊』之類的話，但也許潘神是一個……我們一直在跟自己說的故事……一個好故事，一個有用的故事，因為無論故事是不是真的，它們都能教會我們一些東西，但……」

「我想，沒有人能完全確定，」阿榆有點急躁的插了嘴，「我只覺得潘神是真的存在。總而言之，我不喜歡談這種事。」

「為什麼？」酸不溜說。

「因為……因為我就是不喜歡。如果潘神不是真的存在，那就表示我們在野世界裡無依無靠的，沒有人看顧我們，我……我一點也不喜歡那種感覺！」

酸不溜伸出手來，捏了捏阿榆的手，「我懂你的意思，阿榆，正是因為那些事讓我們感到不舒服，我們才應該談談。」

「你當然可以這麼說，酸不溜，你不是正在消失的那個人。」阿榆有點顫抖著說，「我很害怕，所以我不想去懷疑什麼或擔心什麼，我只希望一切都很簡單明瞭，很……很平凡。」

老雲用和藹的語氣說：「阿榆，現在的情況沒那麼簡單明瞭。我也在消失，而且我不介意承認自己很害怕。我們沒有人知道出了什麼問題，也沒有人能確定接下來會發生什麼，就像我們無法確定潘神是真的存在而且正看顧著我們一樣。但生活中本來就有很多不確定的事，不願正視現實，是沒有意義的。」

阿榆有點抽噎的說：「老雲，我不知道你也很害怕，我以為只有我而已。」

「喔，親愛的阿榆，我想過是不是該告訴你們，雖然不想這麼做，但因為我的年紀比你們大，我想最好還是裝作不在意。你知道，我很想要一個擁抱，但我一直在壓抑這種感受，這樣才能表現得很勇敢。我很抱歉讓你以為只有你在擔心這件事，你一定覺得很孤單。」

阿榆把身體稍微挪了過去，跟老雲抱了好一會兒。這個溫馨十足的擁抱真的為兩個擁抱者帶來了一些安慰，他們都閉著眼睛、露出微笑。小苔在一旁看著，心中充滿了喜悅；擁有如此善良和誠實的朋友，而且知道就算有時候感到軟弱也沒關係，這真的是很美好的一件事。

「總而言之，從那時候起，我就再也不想待在人類巢窩了。」老雲說。他們已經結束擁抱，也恢復了舒服的坐姿，「我加入了隱族流浪者的行列，在野世界裡長途跋涉，尋找住的地方，而且經過一陣子以後，我習慣了只靠一隻眼睛看東西，不過你們也知道，我還是不太能判斷距離。最後，我遇見了你們，你們就在樹籬裡一排小梣樹旁拌煮著核桃殼碗裡的黑刺李果醬，」老雲對小苔和阿榆露出微笑，「然後好心的收留了我。」

「天哪，」小苔說，「沒想到你竟然經歷過這些事，而且來過人類巢窩。這裡變得跟以前很不一樣嗎？我想一定是的。」

「嗯，當然，現在這裡到處都是死亡戰車，」老雲回答，「這是很大的變化。至於其他部分，我還不是很清楚。」

這時，酸不溜有點猶疑的說：「我只是在想……我的意思是，這可能沒什麼，但如果還有隱族小矮人住在人類巢窩裡，那些鴿子難道不知道嗎？這裡有很多鴿子，而且他們可以飛或什麼的，但我很確定他們完全沒有預料到會遇見我們。」

「我也在想這件事。」小苔回答說。阿榆也點了點頭。

「嗯，希望我們明天會有更多的發現。」老雲說，「說到這裡，我們真的應該休息了，否則對鳥兒或動物們來說，我們一點用處也沒有。」

於是，四個隱族小矮人打開自己的蜘蛛絲睡袋、並排鋪在老舊的喜鵲窩裡，然後鑽了進去，他們溫暖舒適的蜷縮著身體，閉上眼睛進入夢鄉。

四隻可靠的鴿子棲息在不遠處，上方籠罩著黑絲絨般的夜空，底下坐落著徹夜不眠的巨大城市，到處都是野生動物，而且閃爍著燈光。

Chapter 17

人類的食物

隱族小矮人交了個新朋友……

也失去了一個朋友。

太陽即將升起，知更鳥、烏鶇、鷦鷯和大山雀開始各自高唱著不同的歌曲，把四個隱族小矮人從一陣城市鳥鳴聲中給叫醒。儘管外頭傳來陌生的車聲，但他們在喜鵲窩裡睡得很熟；事實上，那不絕於耳的轟隆聲似乎能幫助他們漸漸入睡。

「大家早！」小苔說。他在昏暗光線中坐了起來，伸了個懶腰。被梧桐樹葉遮住的天空依舊是深深的藍，但太陽升起的東方已經透出了粉嫩的鮭魚紅，「你們知道嗎，我沒想到在人類巢窩也能聽見黎明大合唱，感覺這趟旅程似乎有了美好的開始，你們不覺得嗎？」

「可不是嗎。」阿榆說，「雖然聽不見像愚蠢溪那裡那麼多種鳥叫聲，但這裡的鳥似乎唱得更大聲。」

「也許是，」小苔回答，「你知道嗎？或許是為了確保自己的聲音不會被其他噪音蓋過去。」

「想一想覺得很奇怪，等夏天到來，今年的黎明大合唱就要結束了。」酸不溜說，「你們知道嗎，我這輩子沒有真正習慣過。」

「我在想我們秋天會在哪裡。」小苔若有所思的說，「還在人類巢窩，還是會帶酸不溜回到愚蠢溪？還是會在別的地方？」

「老雲，你醒了嗎？」阿榆說，「你覺得我們秋天會在哪裡？」

「我醒了。」一個聲音從睡袋裡傳出來，「我還沒起床，因為……好吧，還是告訴你們好了。雖然這很難確認，但我想我大部分的身體都消失了。」

小苔倒抽一口氣，然後抓著阿榆的手。

「不要緊，」老雲微微顫抖著說，「我不會痛，而且我還在這裡，多多少少吧。只不過……呃，我想我看起來可能有點奇怪，所以你們要有心理準備。」

「出來吧，親愛的老雲，」酸不溜也微微顫抖的說，「沒關係的，我保證。」

「你們準備好了嗎？」

小苔點了點頭，儘管他真的很害怕。

「我們準備好了。」阿榆說。

首先從睡袋裡出現的是一縷若隱若現有如光影錯覺的白色長髮，接著是老雲的綠色長袍；當然，袖子裡沒有手伸出來，而且因為它夠長，所以遮住了老雲那雙看不見的腳。

小苔用力眨了眨眼，捏了捏阿榆的手。他們突然意識到，原來自己那麼喜歡老雲的臉龐而且多麼的想念它。他們會再看到那張臉嗎？同樣的事會發生在他們身上嗎？誰會是下一個呢？

「我們可以……我們可以抱抱你嗎？」小苔問。

綠色長袍的兩隻袖子張得開開的。「喔，當然！我很樂意。」老雲喊著。

三個小矮人擁抱了老雲，感覺到他們的老友還在身邊，於是心情都好多了。大家手牽著手笑了起來，特別害怕的阿榆在抽噎幾聲之後，用他那隻看不見的腳去踢老雲那雙看不見的腿，老雲痛得大喊：「哎喲！」然後伸出一隻看不見的手指去戳阿榆的肚子，從這一刻起，情況似乎沒那麼糟了。

「只要你們盡量一直看著我就行了。我還在這裡，好嗎？」老雲說。其他人答應他，他們永遠永遠都會這麼做。

鴿子依然沉睡著，在樹枝之間出現了四個圓滾滾、布滿羽毛的球狀身影。想到他們昨天飛了這麼遠的路，大家都同意他們需要好好休息一下。但就在隱族小矮人快要吃完早餐時，羅傑睜開金色眼睛、抖了抖身上的深色羽毛，拉妮也醒了過來，伸展著那對帶有條紋的翅膀。

「只有你們三個在嗎？」拉妮問，「那個老人家呢？」她身旁的其他兩隻城市鴿馬上醒了過來。

「我在這裡。」老雲揮舞著綠色袖子裡的一隻透明手臂，「不好意思，我忍不住。」

「喔，你嚇了我們好大一跳。」羅恩說，「我還以為你從樹上掉下去了！只要你沒事，外表如何都是你自己的問題。我們在人類巢窩看過的怪事多得很，一件飄來飄去的長袍不算什麼——對不對，雷妮？」

「我想你們沒有留早餐給我們這群有翅膀的朋友，對吧？」羅傑說。他看見隱族小矮人已經用餐完畢了，「果然如此！」

「我們去找點東西吃吧，我餓扁了。」拉妮說。

「我們可以一起去嗎？」酸不溜問。

「最好不要，否則你會被人類看到——呃，老雲不會，但你們三個可能會。」羅傑說，「有個老太太每天早上都會在附近一個小公園拿種籽餵我們。我們很快就回來！」說完，四隻鴿子就從樹枝上飛走了。

「你們聽見了嗎？」阿榆問其他人，「這是我第二次聽到真的有人類會餵鳥。在我們那個老花園，從來沒有人這麼做，對吧，小苔？」

「對，但我想隔壁那個人類小女孩可能會這麼做。」小苔時常想起小秋，想知道她在做什麼，有沒有用野世界暗語跟花園裡任何一隻鳥或動物說話，「她似乎真的很喜歡野生動物，你們記得嗎？」

「有陣子，不少人類把鳥關在籠子裡，所以一定也餵了那些鳥。」老

雲若有所思的說，「但我記得很多時候，他們會趕走農場和田裡的鳥、捕鳥、偷鳥蛋、開槍殺鳥。如果有些人類開始餵鳥了，那聽起來真的很棒！」

四個隱族小矮人坐在喜鵲窩的邊緣，懸垂著雙腿。天色亮了起來，圍繞在四周的繁忙城市也開始迎接新的一天。他們落腳的梧桐樹矗立在人行道上，旁邊的道路很快就開始湧入公車、汽車、計程車、機車和單車騎士，行人穿越道也發出嗶嗶聲，告訴行人什麼時候可以安全穿越馬路。很多大樓的上半部是住宅，靠近地面的樓層有各種商店和公司行號，包括報攤、賣酒的商店、手機維修店、堆滿各種鮮豔異國水果的雜貨店、小超市、還沒開始營業的包包特賣店、波蘭麵包店、平價咖啡店、鎖店和一間用木板封住窗戶的酒吧。大樓底下的人行道上遍布著發黑的口香糖渣，再遠一點有個售貨亭在販賣口香糖、報紙、雜誌和包裝鮮豔的零食。

坐在樹上看著人類從腳下經過，讓小苔覺得很奇怪。有些人類推著嬰兒車，有些牽著穿制服的人類兒童。很多人類都拿著黑色的平板，而且一觸碰平板，它們就亮起來，然後他們會一直盯著看。不少人類有養狗，而且不是所有的狗都可憐的繫著狗繩。

「有點可怕，不是嗎？」小苔過了一會兒說，「萬一人類抬起頭來看見我們怎麼辦？」

「喔，這你們不用擔心。」一個聲音從下方的樹枝傳過來，「這些人類巢窩居民一點也不危險！很多時候，我愛做什麼就做什麼。」

說完這句話，一張有著明亮眼珠的好奇臉孔就從阿榆懸空的光溜溜腿間冒出來。

「欸！」阿榆尖叫，驚恐的退到鳥窩裡。

「這就是為什麼你永遠不會看到我穿短裙的原因。」酸不溜笑著說。

「嘿，小仙子！」松鼠一邊說，一邊走進鳥窩，對著他們咧嘴笑，「我叫『奇普』，很高興認識你們。」

「抱歉，我們不是小仙子！」阿榆說。他幾乎已經恢復鎮定了，但還是有點慌張，「大家都知道小仙子在很久很久以前就變成鳴鳥了。」

「喔，請你們見諒。」奇普心不在焉的整理著那又大又蓬鬆的尾巴，「我還以為你們是小仙子，因為你們那麼小，而且一定是飛上這棵樹的。」

但如果你們不是小仙子，那到底是什麼？尤其是幾乎要消失的那一個？」

阿榆開了口：「我們是隱族小矮人。我們不是飛來這裡的，你可以看到我們身上沒有翅膀。有幾隻非常好心的鴿子載我們來的。」

「喔，鴿子！」奇普說，「我真受不了他們，貪心的討厭鬼，每次都把人類好心幫我準備的食物吃光光。」

阿榆正要說些什麼，但小苔用手肘猛推了他一下。

「所以我想，你應該沒看過其他隱族小矮人住在人類巢窩裡，對吧？」老雲問。

「我這輩子都沒見過，天哪，沒有。聽著，跟我們嬌小的紅毛親戚比起來，我們來這裡的時間不算久，所以我們從沒見過隱族小矮人，我說的是真的，也感到很抱歉。你們絕對是我第一次遇到的隱族小矮人。你為什麼這麼問呢？你們在找什麼人嗎？」

於是老雲向奇普解釋他們出來探險的經過、他們多麼擔心族人可能已經消失，以及他們如何聽說人類巢窩裡還住著其他隱族小矮人，雖然聽起來不大可能。老雲講完故事之後，奇普看起來不再那麼快活了。

「要不要我去打聽看看？我和我的夥伴巴德認識這條街上的每隻動物。我們認識其他松鼠，這是當然的，而且真的是一大群松鼠！另外還有長尾鸚鵡、很多瓢蟲、幾隻蝙蝠——你知道，那種會吱吱叫的小蝙蝠，還有被某個人類放生到幾條街外那個大池塘裡的烏龜泰瑞、一隻烏鴉、幾隻屋鼠——對不起，家鼠、每一隻麻雀……巴德發誓他曾經認識一隻真的刺蝟，但後來他……呃，別說出去，後來他被壓爛了。」

大家的臉上都露出了嚴肅的表情。他們曾經有很多刺蝟朋友，但後來就幾乎沒再看見他們了，跟紅松鼠的情況有點像。

「住在這裡最大的危險，就是『被壓爛』，」奇普繼續說，「但只要遠離建築物和道路，幾乎就不會被成年人類看見，他們都忙到不會注意到我們，這是事實。至於人類小孩，我發現有些會注意到我，有些就……不會。我和巴德曾經在一棟公寓旁邊的楊樹上搭了個松鼠窩，有個小男孩總是會看著我們經過其中一扇窗戶，我們也經常繞著樹幹互相追來追去，只為了逗他笑，真的很有趣！」

「謝謝，這樣就放心多了，我們一定會小心死亡戰車的。」老雲說。

「總而言之，要不要我去打聽看看？如果真的有你們的族人住在人類巢窩裡，那一定問得到消息的。我可以在哪裡找到你們？你們打算住在這棵樹上嗎？」

「這個嘛，現在還有點……懸在那裡，請恕我使用這個雙關語。」小苔說，「等鴿子回來，會請他們再載我們一程，然後我們希望可以找到一個安全安靜的地方落腳。」

「安全安靜？安全——又——安靜？」接著奇普爆出有點像鴨子在打噴嚏的奇怪笑聲，「別傻了，在人類巢窩，這根本是兩碼子事，如果你想要安全，就別想要安靜。我建議你們找個熱鬧、光線充足的地方，而且那裡還要有不錯的『撿拾機會』。」

「撿拾什麼？」小苔問，他還是覺得有點餓。

「人類吃剩的食物啊！」奇普說，「別告訴我你們還沒試過。」

「我吃過他們的粥，」酸不溜說，「那絕對是……喔，數百個杜鵑夏天以前的事了。真的很可怕，我寧願來一碗蝸牛粥。」

「喔，自古以來，他們的廚藝已經進步很多了。」奇普說，「哇！你不會相信現在他們的食物要多甜就有多甜，要多鹹就有多鹹。我的意思是，只要是有點腦子的生物，都不會只吃那些東西，但如果你是偶爾嘗嘗，那實在沒得比。」

小苔注視著奇普長滿白毛的肚子，他看起來很像天天吃人類的食物。

「奇普，那我們要去哪裡找這種地方呢？」

「喔，那還不簡單，住在人類巢窩裡的居民都很浪費，而且我想我剛好知道一個地方。」

午餐時間，四個小矮人正小心翼翼的探索某個公車站旁的一個小公園，那裡充滿各式各樣的野生生物。許多植物生長在公園四周，吸引蜜蜂前來採蜜，包括蒲公英、長得像刺蕁麻卻不會刺人的白花野芝麻，還有最受蝴蝶歡迎、有著長長紫色花穗的醉魚草，這是人類從中國帶到這裡的一種灌木。很多蚱蜢和蝽象都在一塊雜草叢生的區域裡活動，公園裡還有幾

張供人類坐在遊戲區旁休息的長椅、一些垃圾桶，以及一棵非常適合攀爬的大樹，它有低矮的樹枝可以讓人爬上去，較高處還有一個很棒的點可以坐著休息，當地有幾個孩子都非常熟悉這個地方。灌木叢裡不停傳出吱吱的鳥叫聲，那些剛長滿羽毛的小鳥還在討食物吃。在高空中，雨燕也紛紛發出夏季特有的尖銳叫聲。

就在其中一張長椅底下，小苔和酸不溜已經悄悄鑽進一個外賣紙盒，心滿意足的吃起了烤雞。雖然他們從沒嘗過這種濃郁香辣的味道，但都非常喜歡。同一時間，阿榆和老雲也發現了某個新東西。

「這是食物嗎？」阿榆小心翼翼的戳著一根薯條，「它看起來不像是食物。」

「但聞起來有點像。」老雲神不知鬼不覺的折斷最焦、最脆、沾著閃亮鹽粒的邊緣，「我們來試試看。喔，天哪，喔，親愛的潘神。阿榆，你一定要嘗嘗這個。我覺得它是馬鈴薯，但……」

「馬鈴薯？聽起來不怎麼樣。」

「我說真的，你嘗嘗看。就像有人對馬鈴薯施了魔法一樣！」

正當他們開始一人一邊啃著薯條時，四隻鴿子飛了下來。

「我們先走了。如果聽到任何關於你們族人的消息，我們會來找你們的，我們知道你們會在哪裡。」羅傑承諾。

「就算沒有消息，我也會不時回來看看。」拉妮親切的說，「以免你們決定飛離這個地方。」

於是鴿子們起飛離開，盤旋著飛向藍色的城市天空，還向下做了個花式旋轉，然後消失在視線之外。就在那一刻，小苔想起了飛行的自由和美妙，他的心也跟著飛揚起來。

吃完午餐後，他們爬進隱藏在杜鵑花叢底下的帳篷小睡一會兒。第一次品嘗人類食物的經驗實在太震撼了，他們都需要好好睡一下恢復平靜。幾個小帳篷傳出了打嗝聲和其他不太禮貌的食物消化聲，而且至少有一個隱族小矮人因為肚子裡塞滿了烤雞，正不斷冒汗。

傍晚，小苔醒了過來。在大多數的人類巢窩，這是夏日一天當中最炎熱的時段，因為所有建築物和柏油路面都吸收了陽光的熱能，並且隨著時間過去逐漸累積。其他隱族小矮人還在鼾睡，肚子咕嚕咕嚕叫的小苔決定不叫醒他們，畢竟那樣很不體貼。他決定到外面走一圈，看看還有沒有其他美味的人類食物，應該不會有什麼危險吧？

「這一路上，我學到了很多東西，」小苔想，「我想我已經準備好自己出去勘查一下環境了。」

其中一條路有個種滿鮮豔花朵的花壇，再過去是公車站和繁忙的街道——小苔沒有忘記松鼠奇普曾經提醒過道路有多危險。如果你走另一條路，就會看到長滿蒲公英和雛菊的草地，然後是遊戲區和長椅，也就是垃圾桶所在的地方。於是小苔沿著這條路走，隨時找地方掩護，同時聆聽著黃昏時分棲息在附近某棵樹上，知更鳥唱出的清脆歌聲。

現在看來似乎滿蠢的，他們竟然這麼害怕人類巢窩，總是想像這裡有多危險、多淒涼、多骯髒，沒有鳥叫或鮮花——他們簡直大錯特錯！即使是人類也沒有想像中可怕。真的，尤其當你已經習慣人類無所不在，而且發現人類幾乎不會注意周遭事物時。

這真的很不尋常，小苔想，人類完全不理會他們在做什麼，好像生物世界裡那些迷人、錯綜複雜和正在發生的事件都不存在，好像人類完全看不見周遭這些動物、鳥類、爬蟲和隱族小矮人之間的友誼與戰鬥、貪食盛宴和悲慘死亡。老實說，人們何妨到野外走走，看看那些……

突然間，小苔的世界像燈火般瞬間熄滅。一隻貓撲了上來，在短短幾步之內就用鋒利的白色牙齒夾住他癱軟的小身軀，把他帶離公園。

Chapter 18

搜尋行動

椋鳥閃閃的計畫，

能不能找回小苔？

當發生一件可怕的事情時，世界並不會停止運轉；悲劇最糟糕的地方就是一切仍然……繼續進行著。人類不分男女老幼繼續穿越小公園，而且就從距離杜鵑花叢底下、枯葉之間那四個小帳篷不到幾公尺遠的地方走過。公車和計程車繼續行駛在繁忙的街道上，夜幕繼續降臨。

要是這一章的開頭在說小苔很快就被貓扔到一旁，或者設法掙扎喊叫然後以某種方式逃走，那該有多好。要是這個故事是在說其他人醒來後都在納悶他們親愛的朋友到底去了哪裡，並且愈來愈擔心，然後小苔終於出現在營地，也許搞丟了那頂看起來很蠢的橡實殼斗帽、受了點驚嚇但沒受傷，那該有多好。

但很遺憾，事情不是這樣，完全不是這樣。

最先醒來的是酸不溜，接著是阿榆。他們坐在兩個塑膠瓶蓋上低聲交談，旁邊還有一個軟木塞，酸不溜把它切成了兩半，這樣他們四個人都有一個小圓凳可以坐。最後，老雲加入他們的談話，還打了個哈欠。

「小苔還沒起床嗎？平常不是這樣的。」

「一定在睡懶覺。」阿榆說。

「一定是那隻辣烤雞害的！」酸不溜笑著說，「我從來沒看過有人吃那麼多。」

於是他們坐著閒聊起來，也開始習慣了小公園裡的各種動靜，這裡的生活跟愚蠢溪或普通的花園截然不同，到處都有成群結隊或單獨走過的人類，有的笑了出來，有的發出被同類視為歌唱的聲音。還有各種美味食物的氣味、從車陣中傳出的警笛聲、一道接一道掠過的車頭燈光、狗叫聲、行人穿越道的嗶嗶聲、在暗沉天空中漸漸淡去的雨燕歡唱聲。一隻知更鳥還在小公園裡的某個角落進行他的夜間獨唱會，但最後他找到一個安全的棲息處，所以安靜了下來。

「我要把小苔叫醒。」老雲終於站起來說，「有可能是睡過頭了，你們懂吧。」

先是一陣沉默，然後過了一會兒，老雲大喊：「阿榆！酸不溜！喔，快來！你們看，他的帳篷是空的！小苔不見了！」

阿榆立刻意識到，發生在小苔身上的任何事，也可能會發生在他們身上，而且在天黑的情況下衝出去找人很可能會迷路。在探險時，陷入恐慌會引發最大的危機，因為人們會把常識拋在腦後，做出平常不會做的事。所以，儘管心急如焚，這三個隱族小矮人一直待在小苔的帳篷裡直到隔天早上，並且互相擁抱和哭泣。

「小苔可能只是去散步，然後交了個新朋友。」酸不溜說，「你們都知道那是什麼情況——聊得太起勁了，所以沒有注意到時間一點一滴的過去……就像你們第一次見到水獺艾迪的時候，了解吧？」

但阿榆和老雲很清楚，小苔絕不會讓他們這麼擔心，除非發生了什麼可怕的事情。

「奇普一早會來這裡，」阿榆不止一次這樣說，「我相信他會想出一個計畫，幫我們找回小苔。奇普會知道該怎麼做的。」

但是，在黎明時刻來到四個小帳篷前的並不是松鼠奇普。當天空開始變白，第一隻鳥兒試著開始鳴叫時，外面傳來一陣像是快速敲擊木頭的喀噠聲，接著是一聲「叮咚！」聽起來就跟門鈴一模一樣。

「好，老大們，你們在哪裡？」是椋鳥閃閃的聲音，不會有錯。

三個小矮人跌跌撞撞的從小苔的帳篷裡跑出來，急著把消息告訴聽得一臉驚呆的閃閃。

「所以我們不敢摸黑找人，但坦白說，我們急得要瘋掉了。閃閃，快告訴我們，我們該怎麼辦？」阿榆說。

閃閃露出嚴肅的表情，「不妙，非常不妙。」他搖了搖頭說，「我希望小苔沒有被殺掉。」

「你的意思是……你認為……？」老雲說到一半就停了下來，那幾個

字他實在說不出口。

「這樣想是無濟於事的，」閃閃說，「我們現在要做的，就是把小苔找回來。小苔可能受了傷，躺在某個地方。我會去召集我的夥伴。老雲，你待在這裡等那隻松鼠。阿榆和酸不溜，你們邊走邊找，但不要離開公園，也不要分開行動，明白嗎？」

於是他們就照著做。閃閃很快帶了七隻椋鳥回來，他們成群盤旋在公園和人行道上空，用珠子般的黑色眼睛隨時留意任何不對勁的地方。阿榆和酸不溜開始進行地面搜索工作，一邊在枯葉和零食包裝袋底下尋找，一邊大聲喊著：「小苔！小苔？」松鼠奇普也帶著巴德出現，他們查看了所有可以攀爬的地方、粗魯的把鳥窩裡的小鳥撥開，看看有沒有受傷的隱族小矮人、鑽進臭氣熏天的垃圾桶，甚至爬上附近的建築物，在排水溝裡和屋頂上尋找小苔的下落。

老雲原本不想守在帳篷旁邊，但愈來愈多棲居在小公園裡的動物察覺發生了某些事，於是紛紛來到帳篷前詢問要如何提供協助——當然，他們也渴望目睹隱族小矮人的廬山真面目，因為消息已經傳開來，但他們卻一個都沒見過。這天也引發了一種至今仍然普遍存在某些城市動物之間的錯誤印象，那就是「隱族小矮人或多或少都有透明的身體」。畢竟對這個小公園裡為數不少的動物來說，老雲是他們遇到的第一個，也是唯一一個例子。

老雲協調整個搜索行動，而且事實證明，他在這方面確實很有一套。到了下午，整個小公園就掀起騷動，鳥兒在樹枝之間飛來飛去，松鼠在草地上奔跑，儘管對不善於觀察的孩子來說，從學校走回家的這段路可能看起來跟平常沒什麼不同。當然，善於觀察的孩子就會發現，鳥類和動物的舉動並不是隨機的，而是有目的和意義的。如果他們靜靜坐一會兒仔細看，也許會發現一個隱族小矮人，誰知道呢。

到了傍晚，大夥兒找遍了整座小公園以及周圍的人行道和建築物，就是沒看到小苔的蹤影。他們在杜鵑花叢下面集合，討論接下來該怎麼做。

老雲、阿榆和酸不溜已經筋疲力盡，更不用說有多麼憂慮和傷心。沒有人想要停止搜索，但在某個時刻，他們都很清楚自己需要休息。他們只允許自己思考接下來幾個小時以內的事，因為一想到自己即將失去好朋友，就讓他們難以承受。

「我們還沒結束，」閃閃說，「我們還沒問狐狸。只要天一黑，他們就會立刻出動。小苔是在天色暗下來的時候失蹤的，對吧？我們有充分的理由認為，夜行動物組也許會知道一些事。」

「但狐狸很邪惡！」松鼠巴德提出反對意見。

「喔，我的媽呀。邪惡？誰跟你說的？」

「好吧，好吧，不邪惡。但他們是掠食者！」

「沒錯，但這不代表他們就很邪惡。野世界裡沒有所謂的好傢伙和壞傢伙——你知道的，不然你也應該知道，大家都得靠某種方式勉強過活——你們這些松鼠、我們這些鳥、狐狸，都一樣。隱族小矮人會吃魚和蚱蜢什麼的，不是嗎？我愛吃蟲子和蚯蚓，不然他們還會活下去。你們松鼠喜歡吃蛋，至少我是這麼聽說的；而且就算你只吃橡實，你也在阻止這些橡實長成一棵樹。事情沒那麼簡單，明白嗎？」

「當然，但……狐狸可能會吃掉我們，或吃掉你！」

「嗯，對，這是真的。我不是在說我想要這個結果，別誤會我的意思。我們能做的是不被吃掉，就像他們能做的是填飽肚子活下去一樣，但這不代表他們就很邪惡。總而言之，我們有什麼選擇？如果我們要弄清楚小苔出了什麼事，就要尋求援助。」

「我同意我們應該信任他們，」老雲放慢速度說，「閃閃是對的，我們別無選擇。」

Chapter 19

失蹤的小苔

就算是最黑暗的時刻，

也會有歡笑和希望。

兩隻松鼠跟椋鳥閃閃一起棲坐在低矮的樹枝上，等待夜幕降臨。要閃閃保持清醒非常困難，他老是想把頭埋到翅膀底下。兩隻松鼠看起來也昏昏欲睡，他們不習慣這麼晚還不睡覺。

天色暗了下來，但四周還是有很多人類出沒。這裡跟鄉間不一樣，在鄉間，整個大地在天黑之後都會陷入沉寂，除了一些沉默的狩獵者以外。

月亮終於高掛在天空中，車流慢了下來，公園也變得空蕩蕩的。待在地面上的老雲、阿榆和酸不溜試著不去想他們的朋友，也許他只是受了傷，躺在某個地方，獨自在黑暗中忍受第二個可怕的夜晚。

「你們看！」相較起來視力比較敏銳的

阿榆低聲說。坐在樹枝上的松鼠奇普捏了捏巴德的爪子，巴德則強忍住自己的叫聲。

一個俐落的身影出現在公園邊緣。在路燈投射出來的燈光下，這個帶著毛茸茸尾巴的昏暗形體安靜無聲的走過兒童遊戲區，她停下腳步，聞著一根遭到丟棄的雞骨頭，然後露出堅固的白色牙齒把雞骨頭咬碎。接著，她抬起線條光滑的吻部，露出下巴的白色皮毛，嗅著空氣裡的味道。

「我不喜歡這樣……」酸不溜低聲說。狐狸在鄉間很少見，也沒有那麼大膽，所以像這樣近距離看著一隻狐狸，會讓人覺得很不安。

「安靜。」閃閃大聲制止，並且喃喃自語的說，「來了。」然後飛到狐狸那裡。

大家全都心跳加速，緊張了起來。奇普用爪子遮住臉說：「我不敢看！」

閃閃降落在狐狸面前的柏油路上，狐狸則低下頭、垂著尾巴，把三角形的耳朵轉向前方。他們似乎在交談，儘管聽不到任何聲音。

「講到狐狸的野世界暗語，那就更神祕了，」老雲低聲說，「大部分是

靠肢體語言來完成，尤其是耳朵和尾巴的動作，還有他們銳利的眼神。」

過了一會兒，閃閃飛回大夥兒身邊。他似乎對自己的冒險舉動感到很得意。

「她叫我們過去。我們可以相信她。」閃閃有點氣喘吁吁的說。他看起來比較像是過度樂觀，而不是害怕，「她叫做『小暮』，很想要認識你們。別擔心，我已經提醒她關於你們……呃……你們知道的，身體消失的事。請大家……客氣一點。」

當大夥兒抬起頭來，看著母狐狸那雙美麗的金色眼睛時，他們立刻發現跟她對話其實滿容易的，就像他們跟母鹿芙莉、水游蛇小斯、水獺艾迪和他們遇到的所有野生動物一樣容易。

閃閃已經說明了情況，所以小暮把耳朵轉向前方、歪著頭，請三個小矮人盡量提供小苔的所有資訊，從長相（他們提到了橡實殼斗帽）到個性（「宅了點。」老雲說；「很貪吃。」阿榆說；接著酸不溜糾正說：「喜愛品嘗美食。」）然後，她低頭問能不能聞聞他們的身體，以便熟悉並記住隱族那種特殊的氣味。始終跟狐狸保持好幾步距離的奇普和巴德靠在一起吱吱叫，緊張得發抖。三個小矮人在黑暗中閉上眼睛，讓狐狸的鼻子小心翼翼的繞過他們，吸進他們身體的味道。

聞完味道後，小暮向他們保證，她在獵食完畢後會花一整晚的時間尋找小苔，而且會去問其他狐狸最近有沒有發現任何不尋常的東西。雖然這是個可怕的想法，但最好還是問個清楚，老雲也表示同意。

兩隻松鼠返回自己的窩，閃閃也飛到營地上方的杜鵑花叢裡休息，並且保證在睡覺時不會滴下糞便。老雲，阿榆和酸不溜雖然已經筋疲力盡，但似乎就是難以入睡。

最後，酸不溜終於鼓起勇氣，展開他們在某些時刻需要進行的對話。也許由一個新加入的成員來做這件事會比較容易，畢竟另外兩個小矮人已經認識小苔好幾百年了。

「萬一……萬一我們永遠找不到小苔呢？」酸不溜終於輕聲的開口

說，「那我們該怎麼辦？我們會離開人類巢窩嗎？」

大家沉默了很久。老雲和阿榆在帳篷裡，但是酸不溜知道他們還醒著，因為呼吸聲並沒有慢下來，或者變成鼾聲。

「我……我不知道，」老雲終於回答，「一想到接下來的日子裡可能再也看不到我們最親愛、最親愛的朋友，就讓我受不了……但我不知道自己能不能忍受留在人類巢窩。我們來這裡是為了尋找答案，希望可以找到更多的族人，而不是失去他們。」

「好吧，如果你們想跟我一起住在愚蠢溪邊，海蒂和我會很歡迎的。」酸不溜說，「就算你們兩個也會完全消失，我們也永遠歡迎你們。希望你們不介意我這麼說，我只是想讓你們知道。」

「真的很謝謝你，酸不溜，」阿榆說，「你是個很棒的朋友，我們必須永遠團結在一起，無論接下來發生什麼事，無論我們去哪裡。」

四周陷入一陣寂靜。一架正要降落的飛機在空中閃爍著燈光，伴隨著微弱的轟鳴聲慢慢飛過。同一時間，在這個擁擠城市上空數百公里以外的地方，國際太空站正沿著宏偉的地球軌道運行，成為在夜晚星空襯托下朝東邊移動的一個白色明亮光點。

「嘿，還記得蟾蜍蛋的事嗎？」過了一會兒，阿榆說。

一陣噗嗤笑聲從老雲的帳篷裡傳了出來。

「什麼蟾蜍蛋？」酸不溜問。

「喔，酸不溜，那真的太蠢了。」阿榆說。

「那才像小苔啊！」老雲接著說。

「你們快告訴我！」

「嗯，」阿榆說，「事情是這樣的。那是老雲剛來梣樹老家的時候——當然，那時候我們家還是樹籬裡那一排梣樹當中的一棵，還沒有變成花園的一部分。老雲，那時你跟我們一起住多久了？」

「喔，一天左右，不超過兩天。」

「所以我們對彼此都不太熟，也還很客氣——你也知道剛交到新朋友是什麼情形。總而言之，我們看到老雲非常疲倦和悲傷（當然，現在我們已經知道原因了），於是小苔想到一個點子，他要準備大餐，然後邀請很多樹籬族民過來讓老雲高興一下。你也知道小苔以前有多愛吃東西。」

「現在也是。」老雲輕聲的說。

「現在也是，對，當然。好，總而言之就是這樣。」阿榆帶著有點哽咽的聲音趕緊說下去，「請客的那天晚上，所有鄰居都來了，有一對刺蝟、三隻榛睡鼠、五隻黃鵐、一些鍬形蟲、鷦鷯珍妮、蟾蜍夫婦陶迪和陶迪娜，還有一整窩的森鼠……」

「真是貪吃。」老雲插了一句話。

「對，他們很貪吃。」阿榆同意，「總而言之，我們聚集在空心梣樹下享用大餐，還特地邀請二十幾隻螢火蟲過來幫我們提供照明。喔，對，場面真的很氣派。在上菜前，我們嚼了嚼水薄荷，清一清味蕾，然後小苔走了過來，洋洋得意的端著一大鍋……一大鍋……」這時阿榆忍不住爆出咯咯笑聲，沒辦法繼續說下去。

「一大鍋什麼？」酸不溜喊著，「到底是什麼？」

「嗯，」老雲接著說，「小苔說那是罌粟籽果凍——顯然是難得一見的佳肴，而且非常不容易製作。於是有人跟他要食譜——是鷦鷯珍妮嗎，阿榆？」

「喔，對，我想是她沒錯。」阿榆回答。

「總而言之，小苔的臉紅得跟龍蝦一樣，然後開始解釋他是怎麼做的，但因為實在太複雜了，大家都聽得一頭霧水。小苔講了好久好久，我記得當時在想——雖然我認識你們兩個才沒幾天——我記得當時在想：『這聽起來不太像真的食譜，聽起來有點像是掰出來的！』然後……然後……」

「然後蟾蜍陶迪嘗了一口，感覺就是……一條條的，加上他的表情！」

「然後陶迪推了推陶迪娜，對吧？陶迪娜盯著果凍，接著變得有點鬥雞眼，因為……」

「喔，不！喔，不！不會吧？」酸不溜問，「一定不是，快告訴我不是！」

但老雲和阿榆唯一能做的，就是不停笑，笑到噴出淚水，然後上氣不接下氣的說：「就是那樣！就是那樣！」

他們三個人笑了好久才停下來。每當笑聲消退時，其中一人就會高喊：「蟾蜍蛋！」惹得另外兩個又大笑起來，要不然就是其中一個帳篷隱約傳出笑聲，然後大家又開始笑到有點失控。酸不溜一直拜託他們停下來：「喔，喔，喔，我笑到肚子都痛了！」但不知為什麼，這句話也變得好笑起來，於是笑話就這麼不斷延續下去。

「喔，潘神，拜託，」阿榆最後說，「我不能再笑了，我會沒命的。」

「絕對不可以再笑了，」老雲說，「連噗嗤一下都不行。就這麼說定了。」

「我只是……我搞不懂，」酸不溜說，「小苔到底是從哪裡弄來的？」

「喔，結果是一隻獾故意放出來的消息，想要換我們店裡的一大堆榛果。你也知道獾有多愛吃各種堅果。」

「那……小苔知道那是蟾蜍蛋嗎？」

「喔，不，獾跟小苔說，他聽說附近的池塘裡有一種稀有珍貴的罌粟籽果凍。只有潘神知道為什麼小苔會相信他，那是個荒謬的故事，真的。」

「也許小苔是為了準備大餐，希望一切都很完美。」酸不溜說。

「對，聽起來很像小苔的個性。」老雲說，「撇開有點尷尬的甜點不談，那是很棒的聚會，我真的覺得大家都很歡迎我。」

「你還記得那首歌嗎？」

「晚飯之後的那首嗎？當然，喔，真的很美，酸不溜。那些歌謠總是那麼美，不過我真希望自己常常稱讚小苔。這首歌在最後一刻還被改編過，把我抵達的消息也加入了。」

「喔，太貼心了！」酸不溜驚呼，「你知道嗎，我已經有一百個杜鵑夏天沒聽過一首像樣的歌謠了。我只記得幾首老歌，而且不知道還有族人在寫歌，直到我遇見了小苔。現在我好希望能聽到一首。」

「我想今年的歌謠應該還沒完成，」老雲說，「但等到我們跟小苔團聚的那一天——潘神保佑——我們會一起坐下來，聽小苔好好訴說我們的探

險故事，而且它一定會跟那些出名的歌謠一樣精采，因為我會告訴你們一件事：深藏在那頂小小橡實殼斗帽底下的聰明才華，遠比我們的好朋友所知道的還要多。」

Chapter 20

是敵是友？

有時候，

幫助可能來自最意想不到的人。

小暮在天亮之前回來了。棲息在營地上方的閃閃，發出了兩道高亢的口哨聲通知隱族小矮人，於是他們匆匆忙忙的從帳篷裡衝出來。

小暮一臉嚴肅。她直接告訴他們，她沒有找到小苔，但她確實打聽到了消息——不太好的消息。她有個兄弟在小苔失蹤前一天的清晨，遇到了一件不尋常的事。他把小暮帶到幾條街外的某個地方，然後在人行道上發現了小苔的橡實殼斗帽——儘管對缺乏野生動物嗅覺能力的人類來說，它並不起眼。帽子已經破裂，頂端那枝俏皮的莖桿也不見了。

「嗯……你確定嗎？」阿榆的聲音在顫抖，「我是說，人類巢窩肯定到處都有橡實殼斗、櫟癭、樹枝、枯葉和各種蟲糞，誰能確定那個橡實殼斗就是小苔的帽子呢？」

小暮垂下雙眼。

「味道，」阿榆停頓了一下說，「對，當然，你們能聞出它的味道——我們的味道。」

不過，小暮告訴他們，那並不是唯一的味道——這是故事裡最糟糕的部分——那頂橡實殼斗帽聞起來還有貓的味道。

「可不可以帶我們去你們發現它的地方？」阿榆著急的問，「現在——馬上？在所有人類起床之前？」

小暮趴在草地上，讓他們爬到她的背上，然後小心翼翼的站起來。

小公園裡的光線還很昏暗。鳥兒在樹上和灌木叢裡進行黎明大合唱，但太陽還沒升到城市大樓的上方，無法提供太多的光線。大家都知道時間有限，因為他們都不想天亮之後，在繁忙的街道上待太久。

閃閃在他們上方的灌木叢中鼓起羽毛，然後全身抖了一下。「喔，我的媽呀，」他說，「好吧，如果真的要這樣做，我倒不如當你們的守望者，所以請注意聽我的口哨聲。小暮，帶路吧！」

於是他們在光線昏暗的清醒城市中潛行。帶頭的小暮敏捷的穿梭在停放在旁的車輛之間，她快步沿著房屋之間的窄巷前進、靜悄悄的走過高大的垃圾桶。在一條黑暗的街道上，一隻虎斑貓豎起身上的毛、拱著背，對他們發出一陣嘶嘶聲，然後溜進一扇貓門裡，三個隱族小矮人都嚇壞了，但小暮沒有停下來。他們繼續往前走，住宅裡的人類還鼾睡在溫暖的床上，一旁的手機則在計時，等待鬧鈴響起那一刻到來。

當小暮停下腳步，隱族小矮人從她的背上爬下來時，他們看見旁邊有一棟高大的白色公寓矗立在一個大型路口的轉角，公寓四周是一片草地，與人行道之間隔著一排方形的水蠟樹圍籬。閃閃立刻降落在樹籬頂端，用他那珠子般的明亮眼睛環顧四周。

小暮靈巧的低下吻部，指引大家注視一個遺落在樹籬附近的橡實殼斗。阿榆撿了起來，並往裡面瞧，一個小小的「苔」字隱約可見。

「我記得可憐的小苔用我的刀刻了這個字。」阿榆輕聲說。

就在這時，公寓的門打開了，有個男人帶著一隻健壯的狗走出來。閃閃還沒來得及發出尖銳的口哨聲，那隻狗就拖著男人穿過水蠟樹圍籬的一道空隙，跑到人行道上，隱族小矮人嚇得趕緊跑到樹籬底下找掩護。那隻狗朝他們的方向不停猛聞，他們蹲在那裡全身發抖，阿榆也立刻把小苔的帽子藏好。

「別擔心，那隻狗抓不到我們。」酸不溜悄悄說，「人類把他牽住了。我在愚蠢溪有時會看到狗，只要他們不是自由奔跑，通常就沒事。」

然而他們不知道的是，這隻史大佛夏牛頭犬其實非常友善又忠誠——這個品種的狗通常都是這樣，除非遭到虐待。儘管如此，大多數的鳥類和動物很容易被狗嚇到，所以把狗牽好，是善待野生動物的一種行為。

「我還是不喜歡這樣。」阿榆喃喃的說。就在這時，咧著嘴笑的牛頭犬翹起一條腿，撒了一泡尿，幸好隱族小矮人都及時向後跳開。

當無視於這一切的狗主人牽著狗離開以後，老雲、阿榆和酸不溜踮著腳，從樹籬另一邊離開人行道，朝公寓的方向走過去。

「小暮呢？」阿榆問。那隻紅狐狸已經被牛頭犬嚇跑，早就不見蹤影了。

「喔，糟糕，」酸不溜說，「我們被困在這裡了！快，阿榆，我們去找個可以躲一陣子的地方，一個離狗遠遠的地方。」

「我去飛一圈，看看能不能發現小暮，」閃閃說，「我想她不會跑太遠的。」

於是老雲獨自留下來。過了一會兒，白色公寓底下的黑暗金屬格柵裡傳出一陣尖細的說話聲。

「喂！」它說，「喂，就是你，隱形先生，你有個同伴不見惹，對吧？」

幾百年後，每當回想起這段探險經歷時，老雲會用「不寒而慄」來形容聽見那個說話聲的感覺。儘管在事後看來，那一刻起發生的一切都不曾從老雲的記憶中消失，那股恐怖感也是，因為出現在公寓黑暗底層的是一隻五官尖細的大老鼠。

「過來，」眼睛烏黑的齧齒動物對老雲低聲說，「快過來。」

老雲微微顫抖，但還是照做了。就在這時，阿榆和酸不溜回來了，他們正在爭論有個被扔掉的大型零食包裝袋是否適合用來當作臨時藏身處。

於是那隻大老鼠閃電般的消失了。

「你……你看到了嗎？」老雲問。

「看到什麼？」阿榆說。

「大老鼠——剛才出現過！」

「大老鼠？在哪裡？」酸不溜環顧四周。

「在金屬格柵裡，剛剛出現過。」

「沒有。他跑掉了嗎？」阿榆問，「呃，可怕的傢伙。我敢說他們在這裡一定無所不在。他說了什麼？你覺得他是不是要抓你，要咬你？」

「我……我不知道。我不覺得是這樣。」

「喔，我一點也不驚訝，你知道他們什麼都吃。」

「嗯，至少你沒事。」酸不溜安慰老雲，「對了，我們找到一些有用的垃圾，呃，是我找到的，然後……」

「我覺得他知道一些事，」老雲打斷酸不溜，「有關小苔的事。」

「你是說大老鼠嗎？」

「對，他問我是不是有個同伴不見了。」

阿榆打了個哆嗦，「聽起來有點恐怖。我敢說他一定在注意我們三個，而且注意到我和酸不溜離開，只有你留下。我們更需要找個安全的地方，等小暮出現了。」

「不，我不認為是這樣。他沒有笑，說話的語氣也不可怕。我真的覺得他想要幫忙。」

「嗯，不知道為什麼，我挺懷疑的。」阿榆說。雖然他從來沒有見過大老鼠，也不太了解大老鼠，但對他們有很深的成見。

酸不溜倒是不太容易被其他人的話給影響，或許因為他是個發明家，總是會徹底檢驗、弄清楚究竟發生了什麼事，而不只是假設某個東西（或某個人）會是什麼樣子。

「你不應該對他們有偏見。」酸不溜堅定的告訴阿榆，「首先，有一隻非常有智慧的椋鳥曾經說過，野世界沒有所謂的好或壞傢伙。其次，討厭一整個生物群是很傻的事，因為群體裡的每個個體都不一樣，就像我們三個也都不一樣，所以我認為應該見見這隻大老鼠，聽聽他要說什麼。」

「但我聽過他們的一些壞話。」阿榆說。

「這樣吧，你先不要下結論，等你真正認識了他們，就可以自己做決定，怎麼樣？」

阿榆聽完這番話之後，覺得有些慚愧，「喔，我知道你是對的，酸不溜。我想是因為我有點害怕吧。」

「別擔心，」老雲安慰阿榆，「我也是。我們對不太了解的事往往會感到害怕。這個地方我們從沒來過，而且我在白天幾乎是透明的，所以當一隻我們從沒見過的動物突然跑出來說……」

「**你們三個小妖精到底來不來啊**？」大老鼠又在黑暗的金屬格柵裡吱吱叫，嚇了他們一大跳。

「好，聽著，」大老鼠用尖細的聲音繼續說，「偶叫『巴利』──如果你們想知道的話。對，偶剛才聽到你們在說偶們，坦白說，那真的讓偶很受傷，但話說回來，偶也不驚訝，因為偶聽過比那些更糟糕的話，尤其是人類，他們用各種難聽的字眼來稱呼偶們，因為偶們和他們很像。不過偶有時候會想，或許這就是人類討厭偶們的原因吧。」

阿榆滿臉通紅，把頭低到不能再低，「我很抱歉，巴利先生。我叫阿榆，這是老雲和酸不溜，我們是隱族小矮人，請不要讓我無知的評論影響到你對我們隱族的看法。」

「什麼？你是說對你們有偏見嗎？」巴利挖苦著說，「當然不會。偶從小就被教育得很好，才不像有些生物。現在跟偶來，好嗎？」他抽動了一下鬍鬚，鑽進公寓大樓底下的金屬格柵裡消失了。

三個隱族小矮人除了跟上去，沒有其他辦法，於是他們最後一次抬頭仰望清晨的明亮天空，然後悄悄潛入大樓底下。酸不溜走在前面，伸手抓住巴利柔軟的尾巴，巴利把他們帶進黑暗中，沒有人知道那是什麼地方。

Chapter 21

幸運的轉折

老雲、阿榆和酸不溜深入人類住家，

在那裡發現的事改變了一切，也改變了所有人。

大多數的建築物都會有人類所認為的「房間」，但還有一連串我們不知道的其他空間。住家裡通常會有廚房，浴室、幾間臥室、還有起居室或前廳，或叫做起居間或客廳（無論你怎麼稱呼它），而且可能還有其他房間，像是廁所、書房、遊戲室或休閒室。學校裡會有教室和走廊、辦公室、教職員休息室、廁所、實驗室、禮堂和各種空間。但這些房間的四周都會有通風管、水管或廢棄不用的煙囪、地板空隙或矮層空間、通風口、金屬格柵，以及許多大大小小的有趣裂縫。

通常，我們只從一個角度來看待建築物，而且經常在不知不覺中與其他生物分享溫暖舒適的棲息處。想想這也沒錯，畢竟我們已經把自己的家蓋在動物曾經居住的地方。

這是三個隱族小矮人第一次進入人類的建築物，所以裡頭一連串的空間對他們來說都非常陌生。他們甚至連人類占據的公寓樓層或樓梯間都沒有看一眼，因為這些地方對他們來說並不重要，也最好避開。老鼠巴利帶著他們穿越迷宮般的黑暗走廊和通道，有些比較乾淨，有些布滿灰塵。有時候，他們在經過其中一間公寓的廚房時，可以聞到人類居民的早餐味道。他們也曾經在穿越浴室通風口時，差點被一股噁心的人造花香味給熏死，因為不久前，有人在浴室裡噴灑了空氣芳香劑。

「還有更糟的，相信偶。」巴利冷笑著說，「有時候，你得憋氣才能經過那裡。」

酸不溜對這一切相當著迷，所以老是落在後頭，觀察那些管子、管道和屋梁是怎麼裝設的。最後他們來到一個有微弱光線從上方穿透進來的磚牆空間，巴利在這裡停了下來，轉身對他們說：「夥伴們，偶只能帶你們到這裡惹，」他說，「從這裡開始，你們得靠自己惹，好嗎？」

「什麼意思？」老雲問，「會很危險嗎？」

「聽著，」巴利回答，「偶有一副好心腸，潘神知道。偶喜歡幫助同伴，只要偶有能力就會去做。所以當偶看見你們出現在草地那裡時，偶馬上就知道要做什麼。但偶們這些動物居民都有自己的區域，明白嗎？這就是偶們在這裡生活的方式。這裡跟野外不一樣，在野外，動物可以占據很大一塊地盤。當然，偶們會共用一些通道，還有十四個半的緊急出口，但除此以外，偶們都只守在自己的區域，尤其是偶們大老鼠愛乾淨的程度遠遠超過一些……」這時他咳了幾聲，但是咳嗽聲裡不知為什麼隱約出現了「小老鼠」這個詞。

他們的表情一定充滿了擔憂，因為巴利那張機伶小臉軟了下來，鬍鬚擺放的角度也友善多了。「你們不會有事的，」他說，「偶保證。只要繼續從那個縫隙爬過去，再爬上那邊的管子就行惹——從外面爬，不要爬進去——就跟吃蛋糕一樣容易。」

「或是吃派。」酸不溜說。

「到……到那裡之後，我們會發現什麼？」阿榆有點猶豫的問。

「這就留給你們去發現惹，因為，老實說，偶自己也不是很清楚。好惹，偶要回到外面，讓你們的椋鳥朋友知道你們在哪裡。大家保平安、保好運，好嗎？」

他們一個接一個與巴利的粉紅小爪子握手道別，老雲需要握兩次，因為巴利找不到該握的地方。

「希望我們會再見到你。」阿榆說。

「除非偶先發現你們，好朋友們。」巴利咧嘴一笑，然後消失了。

三個隱族小矮人爬上管子，發現自己來到一個骯髒的木板上，完全不明白巴利為什麼叫他們來這裡，他究竟希望他們發現什麼？大家都很納悶。環顧四周，他們看不見任何立即的危險，但都感到有點緊張，並且用最微弱的聲音悄悄交談。讓老雲稍微好過一點的是，至少這裡很暗，所以他們無法像在陽光下可以清楚看到彼此。

酸不溜發現一個丟棄在磚灰裡的舊螺絲，得意的舉起來給其他人看。

「把它放進你的背包裡！」阿榆悄悄喊著，還豎起了大拇指。

然後，他們都嚇呆了。

有兩個相當響亮、毫無顧忌的說話聲從某處傳來。那不是人類的說話聲，也不是大老鼠和小老鼠共用的齧齒動物暗語。

「於是我說：『聽著，你在這裡很安全，而且我們現在沒辦法做什麼。』但一點用也沒有。」

「後來你怎麼說？」另一個聲音問，然後對話聲又漸漸消失在遠處，「呃，後來我說……」第一個聲音回答。

三個隱族小矮人在昏暗光線下互看，眼睛睜得大大的。那兩個聲音聽起來既陌生又熟悉，讓他們焦慮又好奇。

「我們需要想個辦法，看看究竟是誰在講話。」酸不溜終於低聲說。

他們沒有花太多時間。巴利指引他們爬到木板上的原因是，如果你爬上那個木板，就能從一根屋梁上看到遠處的房間。那真是個奇特的景象。

光線從一道狹長空隙中穿透下來，那道縫隙肯定是來自地板，也就是這個小小矩形房間的天花板。這裡的地板非常乾淨，而且角落有根銅管把熱水從牆壁後方送進其中一個人類房間裡的暖氣裝置，讓空間變得很暖和。房間的牆面擺設著造型精巧的壁櫃和架子，只不過它們不是用木頭做的，而是用五顏六色的卡片和看起來像空葡萄乾盒的東西做成的。在銅製熱水管附近，有兩個用人類遺失的襪子仔細剪裁、縫成球狀再塞滿扁豆做成的豆袋沙發，看起來很舒適。

就在這時，有兩個小傢伙走進房間，一個長得矮矮胖胖的，另一個長得跟老雲差不多高。他們穿著用五顏六色的人類布料做成的衣服，看起來很古怪（儘管穿著青蛙皮連身衣的酸不溜沒有什麼權利評論），但即使如此，他們看起來明顯是某一種隱族成員。

三個人立刻躲回屋梁後面，目瞪口呆的互看著對方。

「他們是不是……？」阿榆開口說，一邊朝兩個小傢伙的方向指過去。

「我覺得是！我簡直不敢相信！」酸不溜悄悄說。

身材較高且幾乎透明的老雲又小心翼翼的偷看了一下房間。

「嗯，聽著，我們只能盡力而為，」高個子說，「我相信一切都會圓滿解決的。」

「希望如此，」矮個子說，「你知道我有多擔心。」

「我知道，親愛的，你是心地最善良的哈布人了。」

「什麼是『哈布人』？」酸不溜和阿榆異口同聲的問。但老雲揮著一

隻空空蕩蕩的袖子，叫他們安靜下來。

「那麼，親愛的，我們晚餐吃什麼？」那個聲音繼續說，「我滿想吃那些剩下來的洋芋片，你知道，也許加上我們找到的那把長長的義大利麵。」

「什麼是『義大利麵』？」阿榆低聲說。這時老雲生氣的轉頭看著另外兩個同伴，大聲的發出一陣：「噓——！」

「那是什麼聲音？」第一個聲音說。

「我也聽見了。」第二個聲音低聲說，「從牆壁後面傳來的。你想會不會是蟑螂？」

「不，聽起來不像。」

「也許是小老鼠？今年他們生了一大窩。」

說話聲愈來愈大，也愈來愈靠近老雲、酸不溜和阿榆蹲著的地方。

「喔，看在潘神的份上。」老雲突然站起來說，「我甚至不知道我們為什麼要躲起來。站起來吧，你們兩個。」於是他們有點不好意思的站了起來。

五個小傢伙都伸長了脖子，從屋梁頂部望過去，小心謹慎的注視著對方。

「對不起，我們就這樣闖進你們家。我知道這看起來一定很沒禮貌。我是老雲，這是我朋友阿榆和酸不溜。很抱歉，我的身體是透明的，這是最近才發生的情況，你們真的不需要驚慌。」

然而，奇怪的是，那兩個小矮人既沒有被老雲的外表（或沒有外表）給嚇到，也沒有對遇到更多族人感到驚訝——不過他們似乎不喜歡在家裡發現入侵者。

「你們在這裡做什麼？你們想要什麼？」那個矮個子站出來質問他們。

「我們……呃，是大老鼠巴利叫我們來這裡的，」老雲說，「請問……剛才你們稱自己是『哈布人』……」

「要不然是什麼？」

「只是……嗯，我們是隱族小矮人，然後……」

「巴利為什麼叫你們來這裡？你們要什麼？」

「我們可以進去再解釋給你們聽嗎？」

「不行，」小傢伙說，「你們可能是任何人——說不定是危險的逃犯！而且不管怎麼說，在緊急出口旁邊鬼鬼祟祟的監視別人……真的很沒禮貌。」

「我知道，我們真的很抱歉，」老雲回答。但就在這時，大家都停止說話了，因為阿榆的臉難過得揪成一團，默默的哭了起來。替朋友的遭遇感到悲傷、連續兩晚沒睡好、搜尋過程中的緊張和恐懼，還有陌生人的責罵，都讓阿榆無法承受。

「喔，不，拜託別哭！」酸不溜喊著。

「親愛的阿榆，怎麼了？」老雲問。然後他們互相擁抱，並試著安慰他們的朋友。但阿榆只是不停的、不停的啜泣。

「我……真的……好……累……而且我……我……真的……好想……好想……小苔，而且我……我的膝蓋在消失，而且我……我以為……我們應該已經重逢了……結果……沒有！」

這時候，他們三個全都哭了起來，並且互相擁抱，把悲傷統統釋放出來。有時候，這是最好的辦法，雖然也許無法解決遇到的問題，但如果壓抑或累積那股悲傷或生氣的感覺，它們只會讓你做出意想不到且不該做的事，並在日後引發大混亂。

「喔，天哪，天哪，真是太令人難過了。請進，請進，快進來吧。」屋梁的另一邊傳來試圖安慰他們的聲音，「很抱歉我們沒有好好歡迎你們，那是因為……呃，我們有我們的理由。喔，現在我明白了，我感覺糟透了……」

於是，三個隱族小矮人擦乾眼淚、擤了擤鼻涕，然後爬上屋梁進入舒適的小房間。

「我叫『小路』，」這對夥伴當中的矮個子低聲說，「這是『小塔』。我們是『哈布人』。往那裡走，進到另一個房間，就可以看見你們的朋友小苔。」

Chapter 22

隱族派對

好人羅賓的箴言，

諭示著隱族的未來。

多麼開心的重逢時刻！老雲、阿榆和酸不溜衝進房間，看見小苔斜躺在一張小木床上，儘管他的臉色蒼白，卻笑得合不攏嘴。小路和小塔拿了凳子給大家坐，然後去準備一些用來招待客人的食物和飲料，也讓四個朋友可以好好的親吻擁抱，說說過去幾天發生的事，為他們的歷險過程驚呼不已。

阿榆身體依然不斷消失的現象，讓小苔感到非常擔心，但阿榆保證一點都不痛，而且露出一個格外勇敢的微笑。老雲很可能也在微笑，只是沒有人能看見。

「幸好，我不太記得了。」當酸不溜問到發生了什麼事時，小苔這麼說，「聽說我被一隻貓抓走，但我唯一記得的，就是在這個床上醒過來。很明顯，那隻貓把我叼在嘴裡，走進一個有人類活動的區域——我想那是個製作食物的房間——然後把我扔到地板上。那時候，正在撿剩飯的小塔聽到了動靜，於是就躲在櫃子底下偷看，然後發現了我，把我拖到安全的地方，小路也不停發出吵鬧聲來分散貓的注意力。他們真的很勇敢，對吧？」

「天哪，真的很勇敢！」酸不溜佩服的回答，「那你現在覺得如何？」

「喔，比一開始好多了，尤其是看到你們都在這裡。我恐怕不是一個很容易照顧的病人；我知道你們一定擔心死了，只能躺在這裡休息讓我感到很難受，你們懂吧。」

「嗯，現在我們來了，我們又在一起了！」阿榆抓起小苔擱在花毯子上的一隻手，然後熱情的捏了一下。

「那兩個是哈布人，」老雲若有所思的說，「我簡直不敢相信！」

「喔，對了，什麼是哈布人？」酸不溜問。

就在這時，小路和小塔各端著一大盤食物走過來。

「這個嘛，」小塔一邊說，一邊把托盤放在床腳旁邊，然後遞上一疊用啤酒瓶蓋做的盤子，「總而言之，我們也是隱族小矮人！只是長得不太一樣。」

確實如此。聰明的老雲從看到他們的那一刻起就知道了，因為哈布人只是另一種喜歡住在屋子裡的隱族小矮人，人類通常把他們稱為：借物小矮人、大哥布林、威爾斯民間傳說中的「布巴赫」或蘇格蘭民間傳說中的「包根」也是指他們。幾乎從人類過著室居生活開始，哈布人就出現在野世界裡了，但老雲、小苔、阿榆和酸不溜從來沒有看過他們。

「所以我們在野世界裡還有更多的族人！」小苔說，「這不正是天大的好消息嗎？老實說，能有這個發現，我被一隻貓抓走也值得了。你們想想看，如果我們只搜尋人類巢窩的戶外部分，就永遠遇不到小路和小塔了。」

「你們知道嗎，我們有滿多族人住在人類巢窩裡。」小路說。他拿出了洋芋片、切成小段的冷義大利麵，還給了每個人一個可可泡芙，「其實，這附近有很多建築物都住著一、兩個族人。注意，不是全部；有些比較新的建築物沒有足夠的縫隙可以讓我們住進去，有些太冷或太空洞，不然就是狀況不太好。」

「原來其他族人都在那裡，」老雲若有所思的說，「在人類巢窩的屋子裡，不是在鄉下！」

小塔露出笑容，「對，一部分族人。我們決定適應環境，你知道。鄉下正在快速變化，能讓我們過得安全又快樂的地方愈來愈少，人類巢窩也不斷在擴大，奪走更多的土地。隱族小矮人有點像鴿子、大老鼠和松鼠。我們的適應力很強，很會隨機應變，不是嗎？有必要的話，我們可以跟人類一起生活，但是很多野生動物做不到。」

「對，我們很幸運，」小路說，「儘管這裡比想像得還要『野』，尤其是人類不太注重整潔的髒亂地方。人類巢窩有美麗的一面，只要知道該朝哪裡瞧。」

「既然你們都在這裡，要不要跟一些哈布人聚聚？」小塔問。這棟公寓裡只有我和小路，但我們可以邀朋友過來，跟你們見個面。我們認為老雲和阿榆更應該見一個族人。」

「開派對，喔，好耶！」阿榆一想到蛋糕、糖果和遊戲就興奮不已，「就這麼辦！」

「嗯，也許……」老雲有點遲疑，「你們覺得小苔的身體可以承受那麼興奮的場面嗎？」

「說得很有道理。小苔，你傷得嚴不嚴重？」酸不溜問。

「還好沒有那麼痛了。」小苔沒有真正回答這個問題。

「小苔的背部和肚子周圍被貓咬傷的地方都腫了起來，」小路解釋，「剛開始的時候感染得滿嚴重的，但小塔一直幫忙清潔傷口，對吧，親愛的？我們希望過一陣子傷口就會痊癒，潘神保佑。」

他們計畫當天晚上開派對。阿榆原本想把地點選在小公園，老雲和酸不溜也覺得在戶外會很棒，這樣閃閃、奇普、巴德還有四隻英勇的鴿子就能一起玩，但小路和小塔說，哈布人在屋子裡比較開心，而且如果要走到戶外，很多族人會不想參加，更不用說小苔還不能下床。於是大家同意讓阿榆另外再找時間為他們的朋友舉行一場戶外派對，同時請包括家鼠和大老鼠在內的一群傳話者通知住在附近大樓、公寓和房屋裡所有的哈布人。不過老實說，那些家鼠不是很好的傳話者，因為他們有時候會忘記該交代什麼，要不然就是把細節全部搞混。

這群新結交的朋友花了一個下午互相認識對方、了解彼此的日常生活，並且講述遠房親戚和祖先的故事，也交換了食譜和各種事物的製作方法。小苔則躺在床上休息、恢復體力，有時候也加入對話。

但有些時候，小苔只是靜靜的躺在床上沉思。阿榆已經把橡實殼斗帽還給他了，隨著這頂帽子回到身邊，他的腦海裡不時會閃現貓襲事件的片段畫面——被貓叼在嘴裡，一路晃來晃去穿過街道。殘存的恐懼感也隨著這些記憶湧現，彷彿又重新經歷了這一切。

小路和小塔製作派對料理時，酸不溜和阿榆出去勘查公寓大樓，老雲則是坐到小苔的床上，彼此握著手，但沒說太多話，只是沉浸在重逢的喜悅中。

「你在想什麼？」過了一會兒，老雲問。

「主要是在想我有多愚蠢。這一切都是我的錯。」

「你是說被貓抓走的事嗎？」

「對。」

「喔，小苔，這都有可能發生在我們任何人身上。」

「不，是因為我貪心，我想要找到更多的人類食物，結果沒有好好想清楚，我甚至沒有告訴任何人我要去哪裡，才害得大家冒險出來找我。我很抱歉，老雲……」淚水從小苔的臉上滾落。

「喔，小苔，這不像你。你知道每個人都會犯錯，對吧？重要的是你從錯誤中學到了什麼，還有能不能記取教訓。」

終於傳來一陣敲門聲，小路和小塔趕緊招呼客人進到屋子裡。他們身上的裝扮全都充滿人類巢窩的街頭時尚，看起來真的很有趣，其中一個甚至全身穿著糖果包裝紙！大家都很高興能夠見到更多族人。

滿滿的食物擺在大房間裡的兩張桌子上，許多客人也帶了自己準備的餐點：從貓碗裡偷來的一小塊鮪魚肉；一塊刻著小南瓜般笑臉的甜菜根；人類小孩生日蛋糕上的粉紅色糖霜球；一些看起來彷彿是從倉鼠籠子裡偷來的奇怪團狀物——所以沒人敢吃；還有一些美味的歐洲防風草和韭菜湯，上面撒了一些你能想像最小粒的花椰菜米（帶來這道菜的哈布人「小梁」是個素食主義者）。他們喝的不是黃花九輪草甜酒，而是黑莓汁，因為黑莓生長在懸鉤子植物上，而懸鉤子植物幾乎隨處可見，包括人類巢窩裡的許多公園。

大家四處走動、聊天、吃東西、互相自我介紹，身為主人的小路和小塔也輪流跟大家互動，並確保他們有足夠的食物和飲料可以享用。阿榆和一個叫做「阿銅」的哈布人開啟了一場關於天氣和季節的有趣對話，酸不溜則跟「托托」和「瀝瀝」聊了起來，這兩位新朋友非常了解隱族小矮人各個支派的歷史以及他們如何來到各個地方居住。

老雲看著阿榆，暗自納悶為什麼沒有人談論他們身上那些消失的部位。就在這時，旁邊傳來了一個說話聲。

「你好，你一定是老雲吧，我叫『石頭』。」

老雲猛然轉過身去，但沒有人在那裡，只看見一雙長著老繭的腳，還有一顆漂浮在半空中的粉紅色糖霜球。

「請不要驚慌或感到難堪，」那個聲音又說話了，「我不是鬼——我是我們族人所說的『消失者』，小路和小塔認為我們應該見個面。」

「很抱歉這麼失禮，我只是嚇了一跳。所以這種……這種情況也發生在哈布人身上嗎？」

「喔，是的，當然，而且已經有一段時間了。」

「那你……全身都脫光了嗎？」老雲從上到下打量著石頭。

「沒錯，我是。有何不可呢？」

「天哪，嗯，我想也是。」老雲回答，「那你習慣當個透明人嗎？感覺還好嗎？」

「從某種程度來說是的，雖然我寧願沒有發生這種事，你不這樣想嗎？我還沒準備好離開這個野世界。」

「離開野世界？你指的是什麼？」老雲問道。

「嗯……是的，」石頭回答說，「你該不是要告訴我，你不知道自己發生了什麼事吧？你沒聽說過『羅賓的箴言』嗎？」

「我當然聽說過好人羅賓，他是隱族小矮人裡年紀最大的元老。傳說中，羅賓跟潘神其實見過一次面，我只知道這麼多。但羅賓的箴言是什麼？」

「羅賓是第一個住進屋子裡的隱族小矮人，他待過各種人類聚居地，最後來到這個人類巢窩。我們兩個是朋友——呃，認識這麼一個淘氣又難以捉摸的族人，我已經盡力了！但羅賓也是個智者——如果你打從一開始就生活在這個野世界，你就會變成那樣。」

「總而言之，羅賓留下了三個我們稱之為『箴言』的真理。第一，只有人類或人類製造出來的東西能殺死隱族小矮人，我相信你已經知道這點了；第二，人類有一天會成為我們的朋友，所以我們應該試著守護他們；第三，當我們完成這裡的任務時，我們會悄悄的從野世界消失。」

老雲的腦子一片混亂，「等等，所以你是在告訴我，我快……死了嗎？」

「喔，不，不，不，絕對不是！箴言說，我們只是前往『下一個地方』，無論那個地方在哪裡。羅賓似乎從來不介意，所以我們也試著不讓自己太擔心。對不起，老雲，我沒有意識到你不知道這些事，你一定嚇了一跳。」

「沒錯。但你說羅賓留下了這個箴言，是什麼意思呢？」

「嗯……這個身體消失的現象，似乎是從年紀最大的開始，我想你也知道。」石頭說，「好人羅賓因為年紀非常大……所以很久以前就從野世界消失了。」

小苔坐在床上，跟一個留著酷酷龐克頭、名叫「小窗」的哈布人聊天。小窗是那種風趣又熱情的哈布人，能立刻讓你產生好感，就算你不是真的很想參加派對，或者認識新朋友讓你覺得有點壓力。他們的年紀差不多，於是很快就熱絡起來，從最喜歡吃的食物（小苔最愛的是蜂蜜蛋糕）聊到各自的穿著打扮（「帽子很好看！」小窗說。）還有到目前為止發生在生活中的一切。當你遇到這樣的朋友，那種感覺真的很棒。

「等你的身體好起來以後，你們打算怎麼辦？」小窗問，「你們會繼續待在人類巢窩，還是回到梣樹道，或者再去愚蠢溪那裡住呢？」

「我們還沒有真正討論過這個問題，」小苔說，「我希望有一天能找到一個新家，但……」

就在這時，老雲拿起一根火柴棒，敲了敲銅製熱水管，請大家安靜下來，因為他即將發表一段談話。於是十四張小臉帶著期待的表情轉過來看著他。

「呃哼。」老雲開了口。

「嗚！」阿榆大喊，他實在是興奮過頭了。

「噓！」其他人出聲制止。

「大家晚安，謝謝你們過來。很高興見到你們，也很高興知道我們不是世界上最後幾個隱族小矮人。」

「說得好，說得好！」小路大喊。小塔也發出響亮的口哨聲——某些人只要把手指放進嘴巴裡，就能吹出來。

「你們可以看到，我的身體幾乎完全消失了，我的朋友阿榆也正在由下往上消失中。我知道你們都很清楚這種現象，畢竟石頭——等等，他在那裡——現在只剩下一雙腳，而且我聽說有些哈布人已經完全消失，再也看不到了。但對我們四個來說，這一切都很陌生、很可怕，我們完全不清楚原因。

「但現在石頭已經讓我明白羅賓的箴言，箴言裡提到當我們完成任務時，我們將會悄悄從野世界消失。嗯，也許你們不介意，但我無法不在乎。我們四個朝人類巢窩前進的這一路上看到了很多事，很明顯，人類還沒有準備好守護野世界——好好的守護。所以依我來看，還有很多的工作要做！」

雖然老雲對石頭提到「下一個地方」的那番話感到震驚，不過腦中出現的新計畫也讓他如釋重負，因此老雲慷慨激昂的訴說著，讓人很難不被他的話給打動。

「現在，是時候為我們自己找尋一個新的角色了——不是當個保護者或守護者，而是當個老師——人類的老師。我還沒有想好所有細節，但我們知道有個人類小孩會說野世界的暗語。我建議去找她，然後請她幫忙。我們會從小地方做起，讓她知道如何把梣樹道變成一個更適合我們的老朋友——花園族民——生活的地方。如果身體消失的現象開始好轉，我們就會明白那是潘神希望我們做的事，然後我們會想辦法啟發更多人類，以便……拯救整個世界，同時拯救隱族小矮人！」

屋裡響起一陣熱烈的掌聲。等喧鬧聲消散，聽得目瞪口呆的阿榆和酸不溜趕緊跑過來，跟老雲一起坐在小苔的床邊談話。

「這是真的嗎？」小苔問。他伸出手來，握住老雲其中一隻看不見的手，並且把目光移到老友面龐應有的位置上。

「我想是真的，」老雲回答，「這代表我們隱族小矮人正在從野世界消失，而且從年紀最大的開始——所以，在我和阿榆遇到這個現象以後，酸不溜會是下一個。不過，小苔，你還有很多時間，不用擔心。」小苔感覺到有人拍著他的手臂安慰他。

酸不溜看起來若有所思，「你真的相信羅賓的箴言嗎，老雲？」

「嗯，是的。」老雲回答，「為什麼這樣問，你不相信嗎？」

「我想，這是個有趣的故事，但它有足夠的理由讓我們做出這麼重大的決定嗎？刻意去接觸人類？我想我的意思是——你確定嗎？」

阿榆插進來說：「聽著，酸不溜，你曾經說過，沒有人能確定潘神是否存在，這也是同樣的道理。不管羅賓的箴言是不是真的，或者只是哈布人的一個傳說，試著幫助其他生物過更美好的生活只會是件好事。而且無論如何，老雲肯定說對了一件事，我們不能什麼都不做，我們必須試試看。」

「沒錯……我想我只是不確定拯救世界有這麼簡單。」

當其他人說話時，小苔的眼眶充滿了淚水，「我不希望你們消失不見，一個都不行！我希望我們永遠一起生活在野世界，就像我們一直說的那樣！」

「我們會的，」老雲堅定的說，「那正是即將發生的事，等著看吧。」

接下來，大家在派對上互相交流，認真討論老雲提議讓他們發揮用處這件事。

「為什麼一直在說『我們』、『我們』？」穿著糖果包裝紙的哈布人問，「首先，他們是隱族小矮人，我們是哈布人，沒有什麼『我們』。此外，我確定我已經很有用了，我可是個行走的藝術品！」

「我想，繼續完成任務對他們來說是件好事，如果他們想要這麼做的話。」另一個哈布人說，「但你真的認為人類有可能改變嗎？」

不過，那個留著龐克頭的哈布人小窗逢人就說這是個很棒的主意，而且如果他們能在當中扮演重要角色，將會更滿意自己的生活，就像過去的隱族小矮人一樣。

至於小塔和小路，雖然他們不太確定自己是否相信潘神或好人羅賓的教誨，但如果有個方法能讓他們永遠在一起——即使機會渺茫——他們會願意試試看。況且，無論是住在人類巢窩還是鄉下，野世界都是個美麗的地方，他們還不想離開。

小苔坐在床上看著這場派對，想著老雲的那番話。對於一個如此微小、打從內心深處只想回到可愛的梣樹道過著平靜生活的小人物來說，教導人類成為守護者，感覺是個過於重大的任務。

「我想派對很快就要結束了，」老雲的聲音從一旁傳來，「我們還有很多的事要討論，還有一些很重要的決定要做，但在那之前，趁大家還沒回家，你何不朗誦一下今年的歌謠呢？」

小苔的心突然緊張得怦怦跳，「現在嗎？對著這群陌生人？」

「如果歌謠還沒完成，那就不用勉強。」老雲和藹的說。

當他們抵達愚蠢溪時，小苔很高興自己成為那個對酸不溜訴說探險故事、懂得用字遣詞讓大家會心一笑的人。畢竟每個人都知道如何弄出一頓午餐，卻沒有人能像小苔一樣把故事講得如此精采。鴿子羅傑是怎麼解釋勇敢的？他說：勇敢不是無所畏懼，而是去做你害怕的事。

「我要試試看。」小苔帶著笑容說。

於是老雲又拿起火柴棒敲了敲銅管，大家都安靜下來。

「老雲建議我朗誦我的年度二十一行歌謠，」小苔有點猶豫的說，「但我做不到，那……那是不對的。」

接著是一陣沉默。小路和小塔握著彼此的手，看著對方，他們只希望小苔沒事。

「我希望這首歌謠能記錄我們的探險故事，而且它真的很精采——你們知道，就像我們族人流傳下來的那些古老傳說和故事。但我沒有把發生在我們身上的所有事情都寫進去，也沒有把所有感覺真實表達出來。比如說，歌詞裡沒有一句是在講我被貓抓走的事，因為我感到很羞愧，我擔心它會破壞整個作品。

「但老雲的話讓我重新思考，所以我想這首歌謠應該包含我們驚恐害怕、迷失方向或者對彼此發脾氣的時刻。如果我交代得妥當，或許它也能幫助別人對貓有所警覺，讓我的錯誤帶來一點貢獻。」

這時，全場爆出熱烈的掌聲，小苔看著四周溫暖善良的面孔，有些是他熟悉且鍾愛的，但大部分是從沒見過的。有幾個人面帶微笑的點頭，而且沒有人說犯錯是一件多麼愚蠢的事。事實上，酸不溜和阿榆正在歡呼喝采，老雲似乎正在擦去驕傲的眼淚，雖然很難看得出來。

「開始前，我先感謝大家的聆聽，」小苔對著所有人微笑，「我的歌謠

現在有二十二行歌詞了，內容是這樣的……

那是個帶點春天氣息的三月天
不過天氣還沒變暖
當我們出發走到愚蠢溪
遇見酸不溜、咯咯和艾迪……

翻到下一頁，
看看更多關於
野世界的故事。

作者的話

這是個關於野生動物神祕世界的故事，這個祕密世界一直都在我們身邊，只是大多數成年人（和許多孩子）都不知道它的存在。

如果你是個懂得觀察的人，就像我一樣，那麼在外面玩的時候可能會找到跟這個祕密世界有關的線索，例如啃咬得很整齊的堅果殼、看起來很有趣的洞穴和小徑、充滿神祕感的鳥糞、泥地或雪地上的腳印。透過這些線索，你可以弄清楚你跟誰共享花園、街道、遊戲場或公園，那些小鄰居都在做什麼、過什麼樣的生活，身上長著羽毛還是皮毛、皮膚溼潤還是帶刺、有著堅硬的外殼還是戴著一頂橡實殼斗帽。有一天，你甚至會很榮幸的向那些動物伸出援手。

但如果你懂得觀察，卻難以相信隱族小矮人的存在——也許是因為

你和朋友從來沒見過他們——那完全沒關係，就連我也是偶然才能隱約看到他們，因為在這好幾百年的時間裡，他們已經練就高超的技巧，無法讓我們觀察到。除此之外，你可能看過一些荒謬漫畫或愚蠢故事在描寫施展魔法的精靈和哥布林、滑稽搞笑的地精，或拍著閃亮翅膀飛來飛去的小仙子，這些說法使你深信這些荒謬生物並不存在。

你是對的。隱族小矮人沒有魔力，也沒有閃閃發亮的翅膀，他們靠狩獵、捕魚和採集野生食物為生，就像野生動物。他們從很久以前就出現在野世界，比人類存在的時間要久，而且在各個不同的地方和國家生活過，但現在的數量少了很多。

過去他們比人類還要多的時候，較常出現在人類面前，所以我們就像幫鳥類、植物、昆蟲等各種生物取名字一樣，也幫他們取了許多名字，例如：隱族、小灰人、精靈、小仙子，或是哥布林、地精、小惡魔、小精靈，他們在英國西南部被稱為「皮克西」（pixie），在古羅馬被稱為「地靈」（Genii locorum），在愛爾蘭被稱為「希」（sidhe），在蘇格蘭被稱為「棕精靈」（brownie），在冰島被稱為「隱身人」（huldufólk），在歐洲及其他地區還有許多名字。但事實上，無論我們使用什麼名字，他們都不是這麼稱呼自己的。

還有一件事，我相信你對蟲魚鳥獸和隱族小矮人或多或少能靠所謂的「野世界暗語」交談不會感到意外。「野世界暗語」是一種在自然界通用的基本語言，每個物種的表達方式或許有點不同，但都能讓其他物種理解，事實上，唯一忘記如何跟野世界溝通的是人類。但我想，多數人其實只是停止傾聽，但可能卻造成了相同的結果。

梅麗莎・哈里森

寫於二〇二一年春天

致謝

首先感謝巴瑞、瑞秋和Chicken House出版社的所有工作夥伴賞識我的初稿，並提供協助，讓它成為一本書該有的樣子。

一如以往，我要感謝我專業的經紀人珍妮・休森（Jenny Hewson）。

感謝第一位閱讀這本書的讀者彼得・羅傑斯（Peter Rogers）、帕拉克・歐唐納（Paraic O'Donnell）和薩絲基雅・丹尼爾（Saskia Daniel）；感謝喬希・喬治（Josie George）和伊莎貝爾・蔡（Isabel Chua）在取名的部分提供協助；感謝莎拉・費雪（Sarah Fisher）、妮可拉・格雷卡（Nicola Guereca）和尼克・雷德曼（Nick Redman）在我最需要的時候提供寧靜的地方讓我寫作。

最後非常感謝已故作家BB的遺產受託人允許我參考其經典著作《小

灰人》（*The Little Grey Men*）裡的人物和地點，我強力推薦大家閱讀這本書及其續集。

觀察野世界

三月

仔細聆聽今年鳥鶇唱的第一首歌。你家附近的鳥鶇可能會在幾個比較高的地點鳴叫，好讓聲音可以傳得很遠。這些鳥會一直唱到七月底，向爭奪地盤的對手宣告繁殖領域。仔細聽，你會發現鳥鶇的歌聲帶有一種獨特的轉鳴或花腔。

四月

你家附近的池塘或水溝裡有卵嗎？你能辨別那些是誰的卵嗎？青蛙的

卵會聚成一團，蟾蜍的卵會連成一長條，蠑螈的卵是一顆一顆的，而且黏在水草葉子上。

記得不要去移動那些卵，如果你經常回到原地觀察，就可以在這個月看到蝌蚪孵化，也會看到牠們被什麼動物吃掉。

五月

留意太陽升起的時間，並且說服大人至少提前半小時起床。去一個有很多樹木和灌木叢的地方（所以會有很多鳥），然後就能聽到黎明大合唱。這個月的黎明大合唱是最響亮、最盛大的，不過只有少數人類會聽到，因為我們是眾所周知的懶惰物種。

六月

你有沒有發現雨燕、家燕或毛腳燕在空中捕食昆蟲？看看你是否可以

找到這些夏候鳥築巢的地方，通常就在建築物的屋簷下。家燕和毛腳燕會用泥巴做成杯子狀的鳥巢，雨燕則是在裂隙間築巢。昆蟲愈多，這些神奇的鳥兒也會愈多。

七月

你能找到多少由野生動物開闢出來的祕密小徑？留意鹿、獾和狐狸用來穿越樹籬的空隙（有時候可以在小樹枝上看到這些動物的毛）。在高草叢裡，你可能會發現兔子、刺蝟、白鼬和黃鼠狼的小徑。注意看（並仔細聽），你在這個月還能遇見蚱蜢！

八月

有多少種蝴蝶和蛾出現在你家附近？這些昆蟲在這個月會做什麼，會吸食哪些花的花蜜，會忽略哪些花？如果仔細看毛毛蟲吃的植物，你可能會在葉子背面發現成蟲產下的小卵，或者你可能會發現毛毛蟲在啃食葉子。只要有愈多植物為蝴蝶和蛾提供花蜜或者讓毛毛蟲吃到葉子，明年蝴蝶和蛾的數量就會愈多。

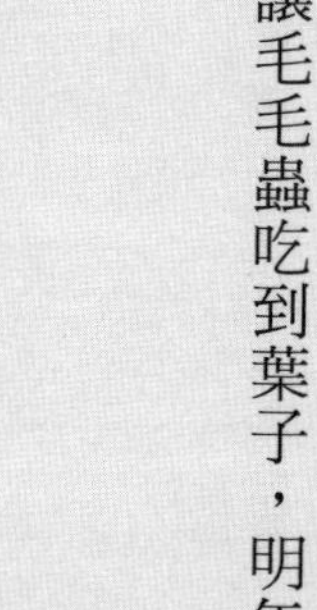

小苔、阿榆、老雲，

還有酸不溜的冒險還沒有結束！

他們將回到梣樹道，

尋找小女孩小秋的幫忙。

敬請期待《樹精靈之歌2》！

（預計2022年12月上市）

N
酸不溜的橡樹
愚蠢溪
往大海

公園
小路與
小塔的家
人類巢窩
梣樹道